JN257064

和ごころ、こと始め。

日本のたしなみ帖

Can you introduce the charm of Japan?

seasonal words

季節のことば

心地よい季語の味わい

自由国民社

春

菜の花や月は東に日は西に

与謝蕪村

ぜんまいののの字ばかりの寂光土

川端茅舎

春暁や人こそ知らね木々の雨

日野草城

卒業の兄と来てゐる堤かな
芝不器男
青天や白き五弁の梨の花
原石鼎
春風や闘志いだきて丘に立つ
高浜虚子

夏
閑かさや岩にしみ入る蝉の声
松尾芭蕉
短夜のあけゆく水の匂かな
久保田万太郎
谺して山ほととぎすほしいまま
杉田久女

さみだれや大河を前に家二軒
与謝蕪村
茎右往左往菓子器のさくらんぼ
高浜虚子
紫陽花やはなだにかはるきのふけふ
正岡子規

秋

鶏頭の十四五本もありぬべし

正岡子規

鯛の骨たたみにひらふ夜寒かな

室生犀星

草の花ひたすら咲いてみせにけり

久保田万太郎

頂上や殊に野菊の吹かれをり　原 石鼎

霧黄なる市に動くや影法師　夏目漱石

この道の富士になり行く芒かな　河東碧梧桐

冬

斧入れて香におどろくや冬木立

与謝蕪村

木がらしや目刺にのこる海の色

芥川龍之介

遠山に日の当りたる枯野かな

高浜虚子

冬蜂の死にどころなく歩きけり

村上鬼城

湯豆腐やいのちのはてのうすあかり

久保田万太郎

枯蓮のうごく時きてみなうごく

西東三鬼

新年

初日さす朱雀通りの静さよ　河東碧梧桐

去年今年貫く棒の如きもの　高浜虚子

青空にきず一つなし玉の春　小林一茶

元日や手を洗ひをる夕ごころ　芥川龍之介

人の着て魂なごみたる春着かな　飯田蛇笏

御降りの雪にならぬも面白き　正岡子規

Introduction

One of the arts that has emerged from the beautiful Japanese landscape—situated as it is in a temperate climate whose seasonal changes it puts on vivid display—is the poetical form of *haiku*. The 17-syllable *haiku*, the sounds broken up into a 5-7-5 structure, incorporates both seasonal awareness and human sentiment. The affections of many Japanese for this lyrical form go back to ancient times, with a history that stretches back to the days of the 8th century chronicles *Kojiki* and *Nihon shoki*. Interest in the form today is not limited to Japan, with its appeal recognized by an ever-growing audience around the world.

Haiku makes use of seasonal words—that is, words and phrases from which one can get a sense of the season. The words of the Japanese language contain connotations and sensibilities honed over many a year, and in that sense the seasonal words within it reflect the daily lives of a people rooted in a rich and beautiful natural environment.

Knowing such seasonal words from which one can infer the lifestyle and linguistic sensibilities of the Japanese people produces a sense of the season in our lives. Sensing the season with one's entire body—colors, flavors, aromas, sounds, the winds with which one feels heat or chill on the skin—perhaps gives us the motivation to spend every day healthy in body and soul.

This book provides an introduction to seasonal words and the attractions of *haiku*. Following an introductory chapter that explains what seasonal words and phrases are, the book is organized into five chapters dealing with the words that are appropriate for each of the seasons—the New Year being treated as its own season alongside spring, summer, autumn, and winter. Along with providing their meanings, the chapters also present *haiku* in which those seasonal words are used.

We hope that you will encounter at least one seasonal word or *haiku* that strikes your fancy, and that you can experience joy and pleasure from the sampling of them this book provides.

彩り豊かな季節の移ろいの中で、その折々に見せる美しい日本の風土から生まれた芸術の一つに、俳句があります。五七五の十七音に季節感と情感が込められた俳句は、『古事記』や『日本書紀』の時代から続く歴史ある叙情形式で、古来、多くの日本人に親しまれてきました。その魅力はいまや、国内にとどまらず、海外にも広がりつつあります。

俳句には、「季節感が感じられることば」、すなわち季語が使われます。それは、長い年月の中で磨き上げられてきた含蓄（がんちく）と趣のある日本語であり、そこには、この豊かで美しい自然に根ざした人びとの日々の営みが反映されているといえるでしょう。

そんな日本人の生活感覚、言語感覚がうかがえる季語を知ることは、私たちの暮らしに季節感をもたらします。色彩、味わい、匂い、音、寒暖を肌で感じる風など、自然を全身で感じ取ることで、心身ともに健やかな毎日を過ごすきっかけを与えてくれることでしょう。

まず、序章では季語について解説し、五つの季節の章で、春夏秋冬と新年にまつわる季節のことばをそれぞれ取り上げ、季語の意味とともに、その季語が用いられている俳句を紹介していきます。一つでも多くお気に入りの季語や俳句と出会っていただき、それらを味わう喜びと愉しさを感じていただければ幸いです。

目次　季節のことば

第二章

夏

第三章

秋 …… 74

第四章

冬 …… 98

第五章

新年……122

序章

季語を知る

古来、日本人は季節のことばに自らの気持ちを託し、歌や句を情感豊かに詠んできました。

季語は、四季のある日本の風土の中で人々が育んできた、自然への愛情と心の機微が息づいていることばなのです。

季語とは

季語をひとことで表すと「季節感が感じられることば」です。短歌形式の古典詩である和歌、つまり『万葉集』や『古今和歌集』に詠まれた歌の時代から、脈々と日本人に受け継がれてきた歴史があります。いにしえの人々は、「雪月花」に代表される日本の四季折々の自然美に「あはれ」を感じ、自らの想いに重ねて情感豊かに和歌を詠み上げました。時代が下り、長句（五七五）と短句（七七）との連続からなる連歌が成立すると、発句（最初の長句）に必ずそのときの季節の季語を入れるというのが決まりごととなったのです。なぜなら、複数の人々による連作である連歌においては、連想の範囲を限定する必要があったからです。季語があることで、全員に共通認識が生まれ、歌はよりいっそう磨き上げられました。

この頃から、季語の本意について盛んに議論されるようになりました。季語の本意とは、和歌の時代から継承されてきた、その季語がもっている伝統的な美意識のことです。つまり、ただ季節を表すだけでなく、連想される心情やイメージまでもが季語の本意なのです。例えば、「桜」という季語には、春の季節感はもちろん、「春を迎えた喜び」「散っていくはかなさ」など、あらゆる本意が含まれます。この本意を理解することで初めて、歌の奥行きに気づくことができます。季語は、詩歌の味わいを深めてくれることばなのです。

俳句における季語

室町時代末期には、連歌の遊戯性を高めた俳諧（俳諧連歌）が派生しました。さらに江戸時代になると、松尾芭蕉によって発句の独立性、芸術性が高められ、発句のみを鑑賞することが多くなったのです。発句を完全に独立させ、近代文芸としての俳句を成立させたのが、明治時代の正岡子規でした。このように和歌や連歌という源流から、いくつもの時代を経て、俳句が作り上げられたのです。

俳句には、有季定型というルールがあります。これは、「季語を入れること」「五七五の十七音で表すこと」の二つを意味します。なかには季語の入らない無季の句や、季語が二つ以上入る季重なりの句もありますが、一句一季語が俳句の基本です。季語は俳句の中心であり、それがないと焦点がぼやけてしまうのです。俳句のいのちともいわれます。季語があることで、詠み手と読み手（作者と読者）の間に共通認識ができるのは、連歌と同様です。

また、俳句では季語を春・夏・秋・冬・新年の5つの季節に分類しています。さらに細かくいえば、同じ春でも、季節の進行にともなって、初春・仲春・晩春・三春（春全体にわたる）の4つに分かれます。季節の移ろいを敏感に察知し、今にふさわしい季語を詠もうとする俳人の心意気が伝わってくるようです。

季語の種類

季語は、季節のほかに、性質によっても分類されます。俳句においては、時候・天文・地理・生活・行事・動物・植物の7つに分けるのが一般的です。季語の辞典である歳時記にも同様に分類されています。それぞれは、次のようなものを意味します。

時候…気候や暦を表すもので、花冷え（春）、残暑（秋）、師走（冬）など。
天文…地球や宇宙、空の現象で、風薫る（夏）、名月（秋）、時雨（冬）など。
地理…地に根ざしたもので、春泥（春）、青田（夏）、氷柱（冬）など。
生活…人の暮らしに関わるもので、花見（春）、稲刈（秋）、初夢（新年）など。
行事…毎年行われる儀式や行事で、祭（夏）、除夜の鐘（冬）、松納（新年）など。
動物…魚や虫などを含めた生き物で、猫の恋（春）、初鰹（夏）、虫の声（秋）など。
植物…草木や花、野菜などの植物で、梅（春）、筍（夏）、紅葉（秋）など。

本書でも、このように分類して季語を紹介しています。こうして見ると、森羅万象が季語になっていることがわかります。

新暦と旧暦

地球上の動植物は、太陽と月の動きの影響を受けながら暮らしています。太陽の傾きによって寒暖が決まり、月の満ち欠けによって潮の満ち引きが変化します。ですから、太陽や月の動きをもとに作られた暦は、私たちが季節を感じるうえでの指標となっています。

暦には大きく分けて、太陽の運行を基準とした「太陽暦」、月の満ち欠けを基準とした「太陰暦」、その両方を取り入れた「太陰太陽歴」の3つがあります。

現在、日本を含め多くの国で使われているのがグレゴリオ暦で、これは太陽暦の一つです。日本で太陽暦が採用されたのは、明治6年（1873年）になってからのことで、それ以前は太陰太陽暦を使っていました。そのため、太陽暦を「新暦」または「陽暦」、太陰太陽暦を「旧暦」と呼びます。一方、太陰暦のことは、「陰暦」といいます。

俳句の季語の多くは、江戸時代以前から用いられてきたため、旧暦の季節感が伴っています。そのため、新暦で生活している現代の私たちの季節感とは約一カ月のずれが生じます。例えば、「五月雨（さみだれ）」は五月の雨と書きますが、実際には6月の梅雨を指します。さまざまな年中行事を月遅れで行う地域があるのも、このためです。季語は、旧暦と新暦の二つの暦が重なったものだと捉えるとわかりやすいでしょう。

二十四節気と七十二候

日本には春夏秋冬の四季のほかに、二十四節気(にじゅうしせっき)と七十二候(しちじゅうにこう)があります。二十四節気は、各季節をさらに6つに分けたもので、立春に始まり、大寒に終わります。これをさらに約5日おきの3候に分けたものが七十二候で、気候の変化や動植物の様子を表しています。いずれも古代中国から伝来しましたが、七十二候は日本の気候や風土に合わせて何度も改訂され、編者によってもさまざまな版があります。俳句の季語にも、これらが深く関わっています。

立春(りっしゅん)…初候　東風(はるかぜ)凍(こおり)を解く／次候　うぐいす鳴く／末候　魚(うお)氷を上(いず)る

雨水(うすい)…初候　土の脉(しょう)潤い起こる／次候　霞始めてたなびく／末候　草木萌え動(いず)る

啓蟄(けいちつ)…初候　すごもりの虫戸を開く／次候　桃始めてさく／末候　菜虫蝶となる

春分(しゅんぶん)…初候　雀始めて巣くう／次候　桜始めて開く／末候　雷乃(すなわ)ち声を発す

清明(せいめい)…初候　玄鳥(つばめ)至る／次候　鴻雁(こうがん)かえる／末候　虹始めてあらわる

穀雨(こくう)…初候　葭(あし)始めて生ず／次候　霜止んで苗出ずる／末候　牡丹(ぼたん)はなさく

立夏(りっか)…初候　蛙始めて鳴く／次候　蚯蚓(みみず)出ずる／末候　竹のこ生ず

小満(しょうまん)…初候　蚕起きて桑を食む／次候　紅花栄(さか)う／末候　麦秋至る
芒種(ぼうしゅ)…初候　蟷螂(かまきり)生ず／次候　腐れたる草蛍となる／末候　梅のみ黄ばむ
夏至(げし)…初候　乃東(なつかれくさ)枯る／次候　菖蒲(あやめ)はなさく／末候　半夏(はんげ)生ず
小暑(しょうしょ)…初候　温風(あつかぜ)至る／次候　蓮始めて開く／末候　鷹乃ちわざをならう
大暑(たいしょ)…初候　桐始めて花を結ぶ／次候　土潤いてむし暑し／末候　大雨(だいう)時々に降る
立秋(りっしゅう)…初候　涼風(すずかぜ)至る／次候　寒蟬(ひぐらし)鳴く／末候　深き霧まとう
処暑(しょしょ)…初候　綿のはなしべ開く／次候　天地始めてさむし／末候　禾(こくもの)乃ちみのる
白露(はくろ)…初候　草露白し／次候　鶺鴒(せきれい)鳴く／末候　玄鳥去る
秋分(しゅうぶん)…初候　雷乃ち声を収む／次候　虫かくれて戸をふさぐ／末候　水始めて涸る
寒露(かんろ)…初候　鴻雁来る／次候　菊花開く／末候　蟋蟀(きりぎりす)戸にあり
霜降(そうこう)…初候　霜始めて降る／次候　小雨ときどきふる／末候　楓蔦(もみじつた)黄ばむ
立冬(りっとう)…初候　山茶(つばき)始めて開く／次候　地始めて凍る／末候　金盞(きんせんか)さく
小雪(しょうせつ)…初候　虹かくれて見えず／次候　朔風(きたかぜ)葉(このは)を払う／末候　橘始めて黄ばむ
大雪(たいせつ)…初候　閉塞(そらさむく)冬となる／次候　熊穴にこもる／末候　さけの魚(うお)群がる
冬至(とうじ)…初候　乃東生ず／次候　さわしかの角おつる／末候　雪下(わた)りて麦のびる
小寒(しょうかん)…初候　芹乃ち栄う／次候　泉水(しみず)温(あたたか)をふくむ／末候　雉(きじ)始めてなく
大寒(だいかん)…初候　蕗(ふき)の華さく／次候　水沢氷つめる／末候　鶏始めてとやにつく

第一章
春

穏やかな陽光を浴びて、草花が彩り豊かに咲きほころび、生き物たちを暖かく包み込む季節です。冬の厳しい寒さを耐え抜いて、薄紅色の花をつけた桜の木は、新しい季節が訪れた喜びを全身で表しているようです。

ゆさゆさと大枝ゆるる桜かな
村上鬼城

春の季語　時候

春暁

spring dawn

しゅんぎょう

「春暁」とは、まだ日が昇りきらない春の明け方のこと。東の空がぼんやりと白んでくる様子は美しく、清少納言は『枕草子』の冒頭で「春は曙。やうやうしろくなりゆく山ぎは、少しあかりて、紫だちたる雲の細くたなびきたる」と、暁と似た「曙」という言葉を用いて春の夜明けの素晴らしさを称えています。

古来、「春の曙」は「秋の暮」とともに日本の詩歌によく詠まれてきた春秋二題です。季節と時間の関係性を細やかに感じ取り、愛でてきた日本人。その心がよく表れた季語といえるでしょう。

> 春暁や人こそ知らね木々の雨　日野草城

長閑

mild

のどか

暖かな光が降り注ぐ春の日は、静かでのんびりとしていています。時間がゆったりと流れ、落ち着いたさまを「長閑」といいます。そんな春らしい日和は、心がのびのびとして気持ちがいいものです。

それは先人たちも同じだったようで、平安時代の和歌にも長閑という言葉が見られます。在原業平の「世の中に絶えて桜のなかりせば春の心はのどけからまし」、紀友則の「ひさかたの光ののどけき春の日にしづ心なく花の散るらむ」など、春の情景を表現するのにふさわしい言葉だったのです。

> のどかさや障子あくれば野が見ゆる　正岡子規

冴返る

さえかえる

to feel a late winter cold snap

立春を過ぎてそろそろ春めいてきたと感じる頃、再び寒さがぶり返すことを「冴返る」と表現します。一度暖かさを経験してゆるんだ心と体が、ぴりっと引き締まるのです。古くは、平安末期に藤原為家が「さえかへり山風あるる常盤木に降りもたまらぬ春のあは雪」と詠んでいます。

早春の頃の寒さを表す季語に「余寒（よかん）」「春寒（はるさむ）」がありますが、「冴返る」には鋭い寒さを感じさせる外の光、音、色などをも内包した感覚的な響きがあります。冬の季語「三寒四温（さんかんしおん）」は、寒い日が3日続いたあと、暖かい日が4日続くことをいいますが、早春の三寒には「冴返る」という感覚がしっくりきます。

冴えかへるそれも覚悟のことなれど　高浜虚子

彼岸

ひがん

the vernal equinoctial week

春分の日（3月20〜21日頃）を中日とした前後3日ずつの計7日間。俳句の世界では単に「彼岸」といえば春の彼岸を指し、秋分の日（9月22〜24日頃）前後の彼岸は「秋彼岸」「後（のち）の彼岸」といいます。

仏教ではこの世を「此岸（しがん）」、あの世を「彼岸」と呼び、春と秋に彼岸から先祖を迎える彼岸会という仏事を行います。彼岸には先祖の霊が家に帰ってくるといわれるため、春にはぼたもち、秋にはおはぎを仏壇に供えたり、家族で墓参りをしたりするのが習わしです。

「暑さ寒さも彼岸まで」といわれるように、彼岸を境にして寒暑それぞれが衰えて、過ごしやすい気候になっていきます。

竹の芽も茜さしたる彼岸かな　芥川龍之介

花冷え

はなびえ

cherry blossom chill

桜が咲き、本格的な春の訪れを感じる頃、思いがけず寒さが戻って冷え込むことがあります。そんな寒さを「花冷え」といいます。ぽかぽかと暖かい日が続くかと思えば、急に寒くなる日もあり、この時期の陽気は定まりません。寒さに身を震わせながら満開の桜を愛でる花見もまた春の風物詩といえます。

全国的に起こる現象ですが、京都の花冷えはとくに有名。京都特有の地形からくる冷え込みと爛漫に咲く桜の取り合わせは印象的です。「余寒」（立春を過ぎても残る寒さ）、「春寒」「冴返る」（春になってからぶり返す寒さ）とともに、春の寒さを表現する言葉として知っておきたい美しい季語です。

花冷に欅はけぶる月夜かな　渡辺水巴

遅日

ちじつ

a long day

春になり、昼間の時間が長くなったと感じることを「遅日」と表現します。実際には一年で最も昼間が長くなるのは夏至の頃ですが、厳しい冬を経てようやく春になった喜びとともに、日が伸びたことを実感するからでしょう。

昼夜の時間の長さに着目した季語は四季それぞれにあり、古来、俳句に詠まれてきました。夏の「短夜」、秋の「夜長」、冬の「短日」、立春前の「日脚伸ぶ」、そして春の「日永」「遅日」。「日永」はまだ日が高く、のんびりと昼間の長さを感じているのに対し、「遅日」は日没時間が遅くなったことに注目しています。日暮れが遅くなって少し時間を持て余しているような響きがあります。

冷やかに牡丹蕾み居る遅日かな　渡辺水巴

蛙の目借時

かわずのめかりどき

the time when frogs borrow (human)

春も深まってくると、暖かさに誘われて眠くてたまらなくなるものです。とりわけ苗代のできる頃に蛙の鳴き声を聞いていると、うつらうつらと船を漕いでしまいます。これには、蛙が人の目を借りていくからだという俗説がありまナ。そこから、春の眠くてたまらない時期を「蛙の目借時」という俳諧味のある季語で表すようになりました。

松尾芭蕉の名句「古池や蛙飛び込む水の音」にもあるように、春の季語である「蛙」は俳句に縁が深い動物です。この時季に交尾期を迎え、異性を求めてしきりに鳴く様子から、「めかり」は本来「妻狩り」で、蛙が求愛行動をするときを表すともいわれます。

落葉松に峡田のすきて目借時　飯田蛇笏

行く春

ゆくはる

parting spring

まさに過ぎ去ろうとする春のことを「行く春」と擬人法で表現します。厳しい寒さがゆるんでようやく「来た」春は、また遠くへ「行く」というのです。季節を人になぞらえて言い表すほど、古来、私たち日本人は春に親しみを感じてきたのでしょう。

木々が芽吹き、花が咲き、新しい生命が生まれる春。明るい日差しの中、軽やかな気持ちにしてくれた春を見送るとき、ほかの季節の終わりには抱かない寂しさを覚えるはずです。格別な思いを伴って、「行く春」「春の名残」「春の別れ」「春の果（はて）」「春の暮」「春惜しむ」といった数々の季語で、私たちは過ぎ去っていく春の後ろ姿を惜しむのです。

行く春を近江の人と惜しみける　松尾芭蕉

春の季語　天文

淡雪
あわゆき
light snow

春になって思いがけず雪が降り、膨らみかけた木の芽を濡らすことがあります。そんな春に降る雪を「淡雪」と呼び、「泡雪」「沫雪」とも書きます。

春の雪は気温が上がっているため、冬の雪のようにさらさらしておらず、湿り気があります。雪の結晶が互いにくっつきやすくなり、雪片が大きくなって「牡丹雪」や「綿雪」になることもあります。降るそばから消え、積もることはあまりないため、はかない雪といえます。「淡雪」という季語には、これを惜しむ思いが感じられます。

あはゆきのつもるつもりや砂の上　久保田万太郎

風光る
かぜひかる
the wind shines

春も深まってくると、日差しが次第に強くなり、吹く風さえもきらきらと光り輝いているように見えてきます。この感覚を「風光る」という季語で言い表します。捉え方は主観によってさまざまで、鋭く輝く感じだったり、優しく光る感じだったりします。

生き生きとした陽光の明るさに、草木も人も物も、目に映るものすべてがきらめき、風に揺らぐ景色もまたまばゆく感じられます。春に抱く希望を、吹く風に託して表現したのです。言葉の響きに新鮮味があり、現代の俳人にとくに好まれる季語で、多くの句が詠まれています。

朝凪の浪立つて風光る頃　河東碧梧桐

朧月

a hazy moon

おぼろづき

春の夜空に浮かぶ、ほのかにかすんだ月を「朧月」といいます。春になって気温が上がると大気中の水分が増え、万物がぼんやりとかすんだように見えるのです。この現象を昼は「霞」、夜は「朧」と呼びます。

俳句では、単に「月」というと秋の季語になります。秋の澄みきった空に皓々（こうこう）と輝く月とは対照的に、春の朧月は薄絹がかかっているかのように輪郭をにじませ、柔らかに甘くかすみます。その姿はどこか艶めかしく、春愁を誘う風情があります。

童謡『朧月夜』では、森の色、蛙の鳴く音、鐘の音などを「さながら霞める朧月夜」と歌われています。

水影をくめどこぼせど朧月　加賀千代女

陽炎

a shimmer of hot air

かげろう

麗らかな春の日に、遠くのものがゆらゆらと揺らいで見える現象を「陽炎」と呼びます。強い日差しによって空気の密度分布に異常が生じ、通過する光が不規則に屈折させられることから起こる現象です。

夏の海辺やアスファルトの上でも、まるで燃える炎のように陽炎が見えることがありますが、春によく起こり、麗らかな情趣に通じるため春の季語とされています。

『万葉集』の時代から「かぎろひの」や「かげろふの」は枕詞になっていました。「燃ゆ」「あるかなきか」「ほのか」などの言葉にかかり、陽炎がゆらめくように神秘的ではかないものを暗示していたのです。

ちらちらと陽炎立ちぬ猫の塚　夏目漱石

別れ霜

parting frost

わかれじも

晩春になって降りる霜を「別れ霜」といい、「忘れ霜」「霜の名残」「霜の果（はて）」「終霜（しゅうそう）」などという呼び方もあります。快晴で無風の寒い夜に霜は発生しやすくなります。「霜」は冬の季語ですが、本州では4月初旬から5月初旬になっても降霜が見られます。

古来、「八十八夜の別れ霜」といわれ、立春から数えて八十八夜（5月2日頃）に最後の霜が降りるとされました。この霜は果樹や野菜、茶などの農作物に甚大な被害を与えるため、農家の人々に恐れられてきました。しかし、この日を過ぎるとさすがに霜が降りることはほとんどなくなるため、農家は安心して仕事ができるようになります。

別れ霜庭はく男老にけり　正岡子規

東風
こち
an easterly wind

春になると、西高東低の冬型の気圧配置が崩れ、太平洋側から東寄りの風が吹き始めます。この風を「東風」といいます。吹いてくる方角を冠した風はそれぞれの季節にあり、春には「東風」、夏には「南風」、秋には「西風」、冬には「北風」が吹きます。柔らかく暖かな「春風」とは異なり、「東風」はまだ冷たさの残るやや荒い風です。それでも、春を告げる風として、冬の間の塞いだ気持ちを晴らし、希望を感じさせてくれます。

大宰府へ左遷された菅原道真が詠んだ和歌「東風吹かば匂ひおこせよ梅の花あるじなしとて春を忘るな」も、都の方角である東から吹く風だからこそ情感がこもるのです。

亀の甲並べて東風に吹かれけり　小林一茶

春雨
はるさめ
a spring rain

春に降る雨の中でも、静かに細やかに降り続く雨を「春雨」といいます。しっとりとして艶（えん）なものとされ、古くから詠われてきました。春雨は、萌え出た木の芽を濡らし、新しい生命を育む優しい雨なのです。

春の雨にはほかに、仲春から晩春にかけて降る長雨の「春霖（しゅんりん）」、断続的に降る冷え冷えとした「春時雨（はるしぐれ）」、激しいにわか雨の「春驟雨（はるしゅうう）」などがあります。なお、「春雨」と「春の雨」は現代では同義で用いられますが、江戸中期の俳論書『三冊子』では、陰暦の正月から2月に降る雨を「春の雨」、2月末から3月に降る雨を「春雨」と区別していました。いずれの季語も、雨の暗さの中にも春特有の華やぎが感じられます。

春雨や傘高低に渡し舟　正岡子規

春の季語
地理

春泥
しゅんでい
spring mud

春のぬかるみを「春泥」といいます。春先は雨量も増え、気温もまだ低いので土がなかなか乾きません。春雨だけでなく、雪解けや霜解けもあるため、昔の早春の道はぬかるみだらけで靴を汚さずに歩くのは至難の業でした。

都会では舗装道路が増え、そんな悩みも少なくなりましたが、子どもたちが公園などでぬかるみを見つけてはどろんこ遊びに興じるのは今も昔も同じです。北国の人々は、雪が解けてようやく現れた黒々とした土や泥に、待ちわびた春の息吹を感じることでしょう。春泥は面倒なものですが、どこか明るい響きがあります。

鴨の嘴（はし）よりたらたらと春の泥　高浜虚子

水温む
みずぬるむ
the waters warm (up)

冬の間、刺すように冷たかった河川や湖沼の水も、春の日差しをたっぷり浴びて次第に温かくなっていきます。これを「水温む」といいます。水草は芽を出してゆらゆらとそよぎ始め、水底で寒さにじっと耐えていた鮒（ふな）などの魚は活発に泳ぎだします。さらに温かくなると、魚や蛙の卵も孵るはず。お玉杓子（たまじゃくし）が尾を揺らしながら嬉しそうに泳ぐ姿が目に浮かびます。

水辺の生き物たちが春の到来を喜び、躍動する様子がありありと伝わってきます。「ぬるむ」という響きも相まって、包み込むような柔らかな春の暖かさを感じる季語です。

老鶴の天を忘れて水温む　飯田蛇笏

山笑う

the mountains smile

やまわらう

山の木々が芽吹き、花咲き、色づいていく様子を朗らかに笑う人にたとえて「山笑う」と言い表します。木の芽の萌黄色、淡緑色、濃緑色、桜の薄紅色など、春の山は柔らかな色彩に包まれます。

この季語の語源となったのは、中国北宋の画家、郭熙（かくき）の言葉。四季の山それぞれの様子を「春山淡冶（たんや）にして笑ふが如く、夏山蒼翠として滴（したた）るが如く、秋山明浄にして粧（よそお）ふが如く、冬山惨淡として眠るが如し」と見事に描写したのです。淡冶とは、ほのかに艶やかな様子。これにより春の山を「山笑う」、夏の山を「山滴る」、秋の山を「山粧う」、冬の山を「山眠る」という季語にしました。

故郷やどちらを見ても山笑ふ　正岡子規

花見

はなみ

cherry blossom viewing

春、薄紅色に日本列島を染め上げる桜。「花七日」といわれる短い開花時期には、桜を愛でながら春の訪れを楽しむ「花見」が行われます。その歴史は古く、起源は古代の農村で行われた秋の豊作を願うための予祝儀礼とも、「花といえば桜」と定着した平安時代の貴族たちによる観桜の宴ともいわれています。

花見にまつわる季語は数多く、この頃の寒さを「花冷え」、曇天を「花曇（はなぐもり）」、女性の衣装を「花衣（はなごろも）」、敷物を「花筵（はなむしろ）」などといいます。私たちの生活に花見という習わしがしっかりと根付いていることがよくわかります。

草枕まことの花見しても来よ　松尾芭蕉

踏青

とうせい

spring outing

春の野山に出て、青草を踏みながら散策することを「踏青」、または訓読みで「青き踏む」といいます。もとは中国の風習で、上巳（3月3日）の節句に郊外へ墓参したあと、桃や李を眺めながら酒宴を開き、春の野山を楽しむ行事でした。これが奈良時代に日本に伝わったのです。

春の行楽である「野遊び」「ピクニック」「山遊び」「摘草（つみくさ）」などの季語と似ていますが、「踏青」には古式に基づいた優雅な趣があり、心身ともに春の喜びに浸るような意味合いがあります。待ちわびた季節を、大地を踏みしめた足の裏から味わう季語です。

踏青や裏戸出づれば桂川　内藤鳴雪

鞦韆
a swing

しゅうせん

遊具のぶらんこのことを「鞦韆」といい、古語では「ゆさわり」「ふらここ」ともいいます。紀元前7世紀に異民族から中国に輸入されたもので、「鞦韆」という呼び名は漢語です。唐の玄宗皇帝は鞦韆をいたく気に入り、仙人になった気分が味わえる遊具だとして「半仙戯」と名付け、華やかな衣装で着飾った美女たちに漕ぎ楽しませたといいます。

漢詩では春の景としてよく詠まれ、蘇東坡(そとうば)の詩『春夜』では、春の夜が静かに更けて、内庭の鞦韆には今は人影もない様子が詠まれています。開放的で明るい春は、キーコ、キーコと伸びやかにぶらんこを漕ぐような気分に通じるものがあります。

鞦韆の月に散じぬ同窓会　芝 不器男

茶摘
tea picking

ちゃつみ

茶の新芽を摘むこと。「茶摘」は、早いところで4月上旬から始まります。童謡『茶摘』の歌い出し「夏も近づく八十八夜」のとおり、八十八夜（5月2日頃）以降、2~3週間が最盛期になります。摘み始めてから2週間の4月下旬のものは、葉が柔らかく良質で「一番茶」や「新茶」と呼ばれます。その後、「二番茶」「三番茶」「四番茶」と摘まれますが、「茶摘」は一番茶が摘まれる晩春の季語です。

童謡『茶摘』の由来とされる京都の宇治田原町では、茶摘女(ちゃつみめ)と呼ばれる女性たちが「あかねだすきに菅の笠」の姿で手作業で茶摘をしていました。今では見ることが少なくなった、牧歌的な光景です。

田植ほど笠はさわがぬ茶摘みかな　横井也有

春の季語 行事

針供養

はりくよう

a memorial service for broken needles

普段使っている針を休め、折れたり錆びたりして使えなくなった古針を供養する行事を「針供養」といいます。この日は針仕事を休み、古針を豆腐や蒟蒻に刺して、淡島神(あわしまのかみ)を祀った各地の淡島社へ納めます。縫い針、待ち針、ミシン針、畳針などさまざまな針がびっしりと刺さった一種独特の情景が見られます。

関東や和歌山市加太の淡嶋神社では2月8日に、関西や九州では12月8日に針供養を行うことが多いようです。東京では浅草寺の淡島堂が有名で、針仕事の従事者や洋裁学校の生徒などが訪れ、技芸の上達を祈願します。

山里や男も遊ぶ針供養　村上鬼城

雛祭

ひなまつり

a the Girls' Festival

3月3日に女児の成長を願って行われる行事で、「桃の節句」ともいいます。赤い毛氈(もうせん)を敷いた雛壇に、雛人形や雛道具を飾り、娘の健やかな成長を祈るのです。2月半ば頃に飾った雛人形は、雛祭が過ぎるとすぐに元の箱に仕舞います。これを「雛納め」といいます。

雛祭の起源は、形代(かたしろ)で身体を撫で、穢れを移して川に流す上巳(じょうし)の日の禊の行事と、貴族の子女の雛遊びが結びついたものと考えられています。流す雛、抱いて遊べる雛だった雛人形は、段飾りにして賞美する雛へと変化していったのです。

雛祭る都はづれや桃の月　与謝蕪村

遍路
へんろ
a pilgrimage

真言宗の開祖、弘法大師（空海）が教化のために巡った四国八十八か所霊場を参拝すること。参拝者のことも「遍路」「お遍路さん」と呼びます。3～5月頃によく行われることから、春の季語になっています。

第一番札所である徳島県の霊山寺に始まり、高知、愛媛と右回りに巡っていき、第八十八番札所である香川県の大窪寺で結願する約1400キロのコースを「正打ち（順打ち）」、逆回りを「逆打ち」といいます。白装束に身を包み、納経箱、金剛杖、数珠、鈴を持ち、笠をかぶって寺々を巡り、信仰を深めます。笠に書かれた「同行二人」は、自分と弘法大師のこと。つまり、弘法大師と二人で歩くのが遍路なのです。

道のべに阿波の遍路の墓あはれ　高浜虚子

仏生会
ぶっしょうえ
the Buddha's birthday

釈迦の誕生日とされる4月8日にその降誕を祝って各寺院で行われる法会のことで、「降誕会」「灌仏会」「仏誕会」などともいわれます。近世になって「花祭」という呼び名が一般に広まりました。

各寺院は、右手を掲げ、蓮の花の上に立つ誕生仏を花で飾った「花御堂」に安置します。参拝者は水盤から柄杓で甘茶をすくい、誕生仏に注ぎかけ、振る舞われる甘茶を飲んで無病息災を祈願します。

12月8日の「成道会」、2月15日の「涅槃会」のほか、「盆」「除夜」など仏教にまつわる季語は数多くあります。日本人の生活に密接してきた仏事は、四季を感じる言葉でもあるのです。

ぬかづけばわれも善女や仏生会　杉田久女

春の季語　動物

猫の恋

ねこのこい

cats' love

春は動物たちの恋の季節。猫の繁殖期は3カ月周期で一年中ありますが、特に早春の盛りのついた猫の行動を「猫の恋」といいます。発情期を迎えた雄猫は雌猫を求めて彷徨い歩き、それに誘われて雌猫も発情します。昼となく夜となく、まるで赤ん坊の泣き声のように切なく狂おしい声で鳴きたて、恋情を訴えるのです。数日間家を空けていた飼い猫が、雌をめぐる争いに傷つき、痩せ細って帰ってくる姿はなんとも哀れです。

俳人は身近な動物である猫の姿に人間の恋を重ね、ユーモラスに詠んできたのです。

色町や真昼ひそかに猫の恋　永井荷風

鳥雲に入る

とりくもにいる

birds disappear in the clouds

秋に日本に渡ってきて越冬した冬鳥が、春になって北方の繁殖地へ帰っていく様子。渡り鳥の群れが雲間に消えて見えなくなるため、比喩的に「鳥雲に入る」と表現します。「鳥雲に」と略した言い方もあります。

白鳥、鶴、雁(かり)、鴨などの大型の鳥は、外敵に対して比較的安全であるため、昼間に渡っていくことが多いのですが、鶫(つぐみ)、花鶏(あとり)などの小鳥たちは、目立たぬようにひっそりと夜間に群れをなして渡っていきます。いずれの鳥に対しても旅路の無事を祈りつつ、群れが小さな点になるまで見送る様子に惜別の情が感じられます。

鳥雲に入りて松見る渚かな　加舎白雄

蛇穴を出ず

へびあなをいず

snakes come out of their holes

　土の中で冬眠していた蛇が、暖かさに誘われて穴から這い出してくることをいいます。啓蟄（3月6日前後）の頃によく使われる季語ですが、実際の蛇は3月下旬から4月頃に地上に現れます。今ではその姿を見ることは少なくなりましたが、かつては穴を出たばかりのアオダイショウやシマヘビによく出くわしたものでした。蛇だけでなく、「蟇（ひき）穴を出ず」「蜥蜴（とかげ）穴を出ず」などほかの動物を冠した季語もあります。

「蛇穴を出ず」は春の季語ですが、「蛇」そのものは最も活動的になる夏の季語です。「蛇衣（きぬ）を脱ぐ」も夏、「蛇穴に入（い）る」は秋の季語とされ、私たち日本人は蛇の生態からも四季を感じ取ってきたことがわかります。

けつかうな御世とや蛇も穴を出る　　小林一茶

亀鳴く

かめなく

a turtle crying (calling) out

　春になると、亀の雄が雌を慕って鳴くといいます。しかし、亀には声帯がないため実際には鳴くことはなく、「亀鳴く」は空想上の季語とされています。

　この情緒的な季語の歴史は古く、藤原為家が「川越のをちの田中の夕闇に何ぞと聞けば亀のなくなり」（『夫木和歌抄』）と詠んだことに由来します。春の朧がかった夕暮れ時、どこからともなく聞こえてくる声を「亀が鳴いているのだ」と冗談めかして言ったのでしょう。古人の遊び心が感じられます。その俳諧味が俳人たちに好まれ、季語として定着しました。お経を唱えているようにも聞こえるため、「亀の看経（かんきん）」と呼ぶこともあります。

亀鳴くや皆愚かなる村のもの　　高浜虚子

雲雀

ひばり

a Japanese skylark

春の野から空高く舞い上がり、声高らかに囀る小鳥。スズメ目ヒバリ科で、体長は約17センチと雀よりひと回り大きく、羽色は淡褐色で黒褐色の縦斑があります。

「雲雀」は飛び方と鳴き方が特徴的です。真っ直ぐに舞い上がりながら「ピーチュルピーチュル」と「上り鳴き」をしたかと思えば、空中に留まって「チュクチュクチー」と「舞い鳴き」をし、一直線に落下しながら「リュリュリュピーピー」と「下り鳴き」をします。

空高く朗らかに囀る雲雀は、春の明るさを象徴しています。舞い上がるときは「揚雲雀」、落下するときは「落雲雀」と特別に呼ばれ、親しまれてきました。

うつくしや雲雀の鳴きし迹の空　小林一茶

蝌蚪

かと

a tadpole

蛙の幼生であるお玉杓子のこと。俳句では「蝌蚪」の名で親しまれ、「蛙」とともに春の季語になっています。「蝌」も「蚪」も杓の形をした生き物を意味します。

春、水田や池に産み付けられた蛙の卵は、透明な紐状のゼリー層に包まれた黒い球体の連なりです。その様子から「数珠子」ともいわれます。卵は10日ほどで孵化し、丸い頭腹部に尾がついたお玉杓子となります。童謡『おたまじゃくしは蛙の子』の「やがて手が出る　足が出る」の歌詞のとおりに成長を遂げ、さらに尾がとれて体色が変わり、水中から地上に出て蛙になるのです。尾を振りながらひょろひょろと泳ぐ姿に滑稽味が感じられます。

川底に蝌蚪の大国ありにけり　村上鬼城

落し角

おとしづの

shed antler

雄鹿の角は、春に落ち、初夏にまた再生します。抜け落ちた角を「落し角」といい、新しい角は「袋角(ふくろづの)」と呼ばれます。角が落ちた跡は角座という突起が残り、その先端から新しい角が生えてくるのです。袋角はビロードのような柔らかい皮毛で覆われ、再生するたびに大きく、そして枝が多くなります。

秋の季語になっている「鹿」は、秋に交尾をし、翌年の5月から7月に出産します。そのため春の雌鹿は「孕鹿(はらみじか)」と呼ばれ、脱毛して色あせやつれており、一方の雄鹿は角が落ちてどこか虚しそうな表情を見せます。秋の颯爽とした姿とは対照的に、身体の変化を受け入れる「春の鹿」には気だるい雰囲気が漂います。

角落ちてあちら向いたる男鹿かな　正岡子規

春の季語

植物

梅

うめ

a plum

早春の冷たい空気の中、芳しい香りを漂わせながら咲く五弁の花。「梅」は、春の訪れを知らせる花として「春告草（はるつげぐさ）」、ほかの花に先駆けて咲くことから「花の兄」とも呼ばれます。

梅といえば白梅を指し、清楚で気品に満ちた美しさが古来、日本人に愛されてきました。『万葉集』には118首もの梅の歌が詠まれ、桜の40首を大きく上回っていました。ところが、『古今和歌集』になると形勢は逆転。「花といえば桜」と定着していくのです。それでも、香りにおいては梅が桜に勝ります。夜の闇に漂う梅の香が好んで詠まれるようになりました。

梅が香にのつと日の出る山路かな　松尾芭蕉

蕗の薹

ふきのとう

a butterbur scape

夏の季語である「蕗」は、山野に自生するキク科の多年草。早春、葉に先立って萌黄色の花芽がひょっこりと顔を出します。それが「蕗の薹」です。まだ雪の残る土手や田の畦に見つけると、春の到来を感じて心がはずむものです。

蕗の薹は、早春の味覚としても古くから親しまれてきました。食用に栽培もされており、まだ花の開かないうちに摘んで、焼いたり、天ぷらや蕗味噌にしたりして、その香りとほろ苦さを味わうのです。花茎が伸びて白い冠毛が目立つようになったものは、「蕗のしゅうとめ」「蕗のじい」といいます。

白紙に包みし土産蕗の薹　高浜虚子

木の芽

a leaf bud

このめ

春になって芽吹くさまざまな樹木の芽のこと。一般的には「きのめ」と呼びますが、「きのめ」は山椒の芽をいう場合もあります。季語では「このめ」という呼び方が用いられてきました。

　樹木の種類によって、芽立ちの時期や色、形は異なります。萌黄色、浅緑色、緑色、濃緑色など彩り豊かな木の芽はいずれも美しく、瑞々しい生命力にあふれています。ようやく訪れた春を喜び、生命の回帰を言祝(ことほ)ぐ気持ちを木の芽に託して詠むのです。

　木の芽が萌える時期を指して「木の芽時」、陰暦2月を「木の芽月」、この頃の雨を「木の芽雨」「木の芽おこし」「木の芽もやし」、この頃の風を「木の芽風」といいます。


木々おのおの名乗り出でたる木の芽かな　小林一茶

土筆

a horsetail

つくし

トクサ科の多年草「杉菜」の胞子茎。早春、日当たりのよい土手や畦、野原に群がって生えます。古名「つくつくし」の略であり、茎の穂先が筆に似た愛らしい形であることから「土筆」と書きます。茎にはいくつかの節があり、袴(はかま)と呼ばれる切れ込みのある鞘をつけます。成長すると穂先の胞子嚢(ほうしのう)から淡緑色の胞子を飛散させます。

　子どもの頃は「つくしんぼ」の愛称で親しみ、袴のところで茎を抜き、繋ぎ直してどこで抜いたかを当てさせる遊びに興じたものです。顔を出したばかりの柔らかな土筆は春の摘草として人気が高く、その野趣あふれるほろ苦い味覚を求めて土筆摘みに出かける人も多いでしょう。


妹よ来よここの土筆は摘まで置く　高浜虚子

椿

a camellia

つばき

ツバキ科の常緑高木。冬の間から葉陰に隠れるように咲き始め、春が深まるとともに盛りを迎えます。もともと日本に自生していたのは「藪椿（やぶつばき）」ですが、紅色、淡紅色、白色、一重咲き、八重咲きなど数多くの品種があります。木偏に春と書く「椿」は国字であり、学名は「カメリア・ジャポニカ」。厚く艶やかで美しい葉から「厚葉の木」「艶葉の木」と呼ばれ、転じて「つばき」といわれるようになりました。

落花の様子は、花びらが一枚ずつ散っていくのではなく、花ごとぽとりと落ちます。その音や、落ちてなお美しく地表に咲く花に情緒を感じた俳人たちは、多くの「落椿（おちつばき）」の句を詠んできました。

赤い椿白い椿と落ちにけり　河東碧梧桐

菜の花

rape blossoms

なのはな

春の田畑を辺り一面黄色に染める「菜の花」。4月頃、高く薹（とう）を立て、その先端に小さな十字花をこんもりと密集させて咲きます。「油菜（あぶらな）」とも呼ばれるとおり、種子から菜種油を採るために栽培されてきました。菜種油の搾りかすは飼料や肥料になり、蕾は食用にされます。もともと「菜の花」の「な」は副食を意味し、お浸しなどの調理法で春の味覚として楽しまれるようになりました。

見渡すかぎり黄色い菜の花が咲き誇る明るくのどかな田園風景は、日本の原風景といえます。与謝蕪村の「菜の花や」の句のように、大きな情景がありありと目に浮かび、郷愁にかられることでしょう。

菜の花や月は東に日は西に　与謝蕪村

菫

すみれ

a violet

スミレ科の多年草で、日当たりのよい山野に咲きます。世界には約500種、日本には約50種もの品種が自生しますが、単に「菫」と呼ばれる花は、高さ10～20センチで、4～5月頃にラッパ状の濃紫色の花を横向きにつけます。一説には、その花の形が大工道具の「墨入れ」に似ていることから「すみれ」の名が付いたといわれています。

『万葉集』では山部赤人が「春の野にすみれ摘みにと来し我ぞ野をなつかしみ一夜寝にける」と、菫摘みに出かけ、その可憐さに心惹かれた様子を詠んでいます。山道の片隅にひっそりと咲く慎ましさが、古くから人々に愛されてきました。

菫ほどな小さき人に生れたし　夏目漱石

第二章　夏

生命を潤す梅雨を経て、生き物たちが光輝く季節です。祭りや海開きなど、さまざまな行事が目白押しで、涼を求めて人々が賑やかに集います。夏の夜空に咲く花火は、厳しい暑さをひととき忘れさせてくれます。

暗く暑く大群集と花火待つ

西東三鬼

麦の秋

むぎのあき

wheat harvest

五穀の一つとされる「麦」は夏の季語で、「小麦」「大麦」「ライ麦」「オート麦」などの総称です。稲を刈り取ったあとの裏作として作られてきたため、初冬に種を蒔く「麦蒔（むぎまき）」をします。初春、株張りをよくするために「麦踏（むぎふみ）」をすると、5～6月には黄熟して収穫期を迎えます。この初夏の頃を「麦の秋」と呼ぶのです。ここでの「秋」には、「実りのとき」という意味が込められています。

辺り一面、たわわに実った黄金色の穂が揺れる麦畑は美しく、郷愁を誘います。新緑の中で黄熟していく麦には、独特の新鮮さがあります。

黒い穂もなまめき立てり麦の秋　小林一茶

時候

短夜

みじかよ

a short summer night

春分の日を境に、日ごとに昼が長くなり、夏至（6月21日頃）には最も夜が短くなります。この頃の短い夏の夜を「短夜」といいます。午前4時には空は白み始め、朝を連れてきます。夜の明けやすさから、「明易し」ともいいます。

「短夜」は、夜の物理的な長さというより、日中の暑さが和らぎ、涼しい夜風が楽しめる夜なのに、もう明けてしまうのか……と明け急ぐ夜を嘆く思いに重きが置かれます。これとは対照的な言葉として、昼間の長さを喜ぶ気持ちが表れた「日永（ひなが）」は、夏ではなく、春の季語になっています。

短夜や乳ぜり泣く児を須可捨焉乎（すてっちまおか）　竹下しづの女

入梅

にゅうばい

the beginning of the rainy season

じめじめとした長雨が降り続く梅雨。梅雨が始まる日が「入梅」であり、「梅雨に入る」「梅雨入」ともいいます。

暦の上では、太陽が黄経80度を通過した日を「入梅」といい、これは立春（2月4日頃）から数えて127日目の6月11日頃にあたります。その後の約30日間が梅雨です。しかし実際には、年や地域によって梅雨の時期は異なるため、気象庁は、各地の梅雨入り・梅雨明けの発表を行っています。

梅雨は、どんよりとした雲が空を塞ぎ、降りやまない雨に陰鬱な気分になりますが、農業の最盛期に必要な水を蓄えるための大事な時期でもあるのです。

入梅や蟹かけ歩く大座敷　小林一茶

土用

どよう

the hottest period of summer

中国の五行説に基づき、春夏秋冬の各季節の最後の18日間を指しますが、通常「土用」というと「夏の土用」を意味します。つまり、立秋前の18日間（7月20日〜8月7日頃）です。

一年で最も暑いこの時期の丑の日は「土用丑の日」と呼ばれ、夏ばて予防に精のつくものを食べる習慣が広まりました。その一つが鰻で、「土用鰻」という季語になっています。ほかに「土用蜆」「土用餅」「土用卵」などを食べます。

農業とも深く結びついており、土用の三日目を「土用三郎」と称し、この日の天候で稲の豊凶を占いました。また、土の神「土公神」の怒りを買うという言い伝えを恐れ、農耕を休む地域もあります。

すつぽんに身を養はん土用かな　松根東洋城

夏の季語　天文

風薫る（かぜかおる）

a cool light breeze in early summer

初夏、生い茂る青葉の中を吹き抜ける爽やかな風を「風薫る」と形容しました。緑の色や香りまで含んでいるような、匂い立つような爽やかさを風に感じたのでしょう。「薫風（くんぷう）」ともいいますが、「風薫る」は柔らかな語感が好まれてきました。

もともとは花の香りを運ぶ春風の意味で和歌に用いられていましたが、漢詩で「薫風南より来たる」と夏の南風を指したことから、近世になって夏の季語に定着しました。

「風薫る五月」は、手紙などの時候の挨拶としてよく使われる表現です。

松杉をほめてや風のかをる音　松尾芭蕉

夕立（ゆうだち）

a summer afternoon shower

夏の午後などに激しく降る雨を「夕立」といいます。『万葉集』にも登場する歴史ある季語で、「ゆだち」「よだち」「白雨（はくう）」「驟雨（しゅうう）」などさまざまな呼び方があります。

夕立をもたらすのは、蒸し暑い午後に発達した積乱雲。空が急に暗くなり、時には雷鳴を響かせながら、大粒の雨が地面を叩きつけます。傘のない人が、軒下でしばし雨宿りする姿も見られます。一時間ほどでからりと上がり、もとの太陽がさんさんと照りつけます。「馬の背を分ける」とは、局地的に降る夕立の激しさを表す慣用句です。

夕立や草葉を摑むむら雀　与謝蕪村

雲の峰

くものみね

gigantic columns of clouds

夏の空にそびえ立つ積乱雲は、山のように見えることから「雲の峰」と呼ばれます。俗に「入道雲」といわれ、関東では「坂東太郎」、関西では「丹波太郎」「山城次郎」「比叡三郎」という愛称もあります。

夏の強い日差しが上昇気流を生み、押し上げられた雲はもくもくと大きく垂直に湧き立っていきます。真っ青な夏空に、白く輝く雲の峰が映え、美しい光景です。額ににじむ汗や蟬の声、青草の匂いまでも想起させてくれる夏らしい季語といえるでしょう。

「雷雲」とも呼ばれ、激しい雷やにわか雨を伴うこともあります。しかし短時間で止み、またもとの夏空を見せてくれます。

雲の峰幾つ崩れて月の山　松尾芭蕉

虹　にじ

a rainbow

雨上がりの空にかかる七色の円弧状（アーチ）の光の帯で、外側から赤、橙、黄、緑、青、藍、紫色の順に並びます。空気中の水分に太陽光が当たって屈折反射することから起こり、太陽と反対側の空や、滝、噴水のしぶきにも現れます。

四季を通じて起こる現象ですが、夏の夕立のあとによく見られることから夏の季語とされました。季節を冠した「春の虹」「秋の虹」「冬の虹」、時間ごとの「朝虹」「夕虹」も季語です。

虹を見つけると何かよいことがありそうな幸福な気分になります。いつの間にか現れ、たちまち消えてしまう光景は、美しくもはかなく、哀れな趣があります。「二重虹」「円形虹」「月虹」などは珍しく、ことさら吉兆を予感させます。

虹立ちて忽ち君の在る如し　高浜虚子

夕焼　ゆうやけ

the glow of the sky at sunset

日没の前後、西の空が薄紅色や燃えるような赤に染まる現象を「夕焼」といいます。夕焼に照らされ、川面やガラス窓がきらきらと輝くさまを「夕映え」といい、夕焼に染まった雲を「夕焼雲」といいます。大気の状態によって太陽光が散乱し、波長の長い赤い光だけが私たちの目に届くため、夕焼の空が赤く見えるのです。

一年中起こる現象ですが、夏の夕焼は長い一日の終わりにふさわしく強烈で、大地を焼き尽くすような壮大さがあります。その見事さから「夕焼」は夏の季語となっているのです。春は「春夕焼」、秋は「秋夕焼」、冬は「冬夕焼」「寒夕焼」「冬茜」として、夕焼はそれぞれの季節の季語になっています。

夕焼のさめて使ひの帰らざる　高浜虚子

青嵐

あおあらし

a breeze blowing through green leaves

5月から7月にかけて、木々の青葉、青田の稲、鬱蒼と茂った青草など、万緑を揺るがして吹き渡る風が「青嵐」です。同じく夏の季語となっている「風薫る」「薫風（くんぷう）」の緑の色や香りを運ぶような爽やかな風とは異なり、勢いのあるやや強い風をいいます。

青嵐は南寄りの風で、「南風」ともいい、「みなみかぜ」「みなみ」「はえ」などと読みます。西日本では「まじ」「まぜ」とも呼びます。

「青嵐」は、和歌ではほとんど詠まれていませんが、室町時代の連歌や江戸時代の俳諧には好んで用いられました。現代の感覚でも古びた感じはせず、むしろ新鮮で明るい響きを伴う季語といえます。

濃き墨のかはきやすさよ青嵐　橋本多佳子

旱星

ひでりぼし

the stars in times of drought

梅雨が明けると、かんかん照りの日が何日も続くことがあります。そんな日照り続きの夜をさらに蒸し暑くするかのごとく、赤く煌々（こうこう）と輝く星を「旱星」と呼びます。

星がきれいに見えるのは、秋から冬にかけての澄んだ夜空です。埃っぽく濁った夏の空では、暗い星の光は届きません。地上まで光が届く一等星の旱星が、蠍座（さそりざ）のアンタレスや牛飼座のアルクトゥルスなのです。太陽系の火星もまた旱星と呼ばれます。

特にアンタレスは、あまりの赤さから「酒酔い星」の異名もあります。古くは、その年の豊作を旱星で占ったといい、アンタレスが赤く輝くほど、豊作になると信じられていました。

女立たせてゆまるや赤き旱星　西東三鬼

地理

夏野（なつの）

summer fields

緑濃く生い茂った夏草が醸し出す、むせ返るような熱気と匂い「草いきれ」を感じる野原を「夏野」といいます。見渡すかぎり緑一色に覆われた夏野は、夏そのものの景です。

古くから親しまれた季語で、『万葉集』では柿本人麻呂が「夏野行く牡鹿の角の束の間も妹が心を忘れて思へや」などと詠んでいます。当時は広々とした野生の夏野がそこかしこにあったのでしょう。しかし、今では高原などに出かけなくては見られなくなりました。同義語に「青野（あおの）」がありますが、昭和になってから定着した比較的新しい季語です。

絶えず人いこふ夏野の石一つ　正岡子規

雪渓（せっけい）

a snowy valley

標高の高い山の渓谷では、冬の間に降り積もった雪が、夏になっても解けずに残っています。これを「雪渓」といいます。融雪と氷結を繰り返すため、雪渓の雪はざらめ状です。山々の緑の中に突如現れる白い雪渓は、鮮やかなコントラストをなし、夏山の魅力の一つといえます。

白馬岳（しろうまだけ）の「白馬大雪渓」、剱岳（つるぎだけ）の「剱沢大雪渓」、針ノ木岳（はりのきだけ）の「針ノ木大雪渓」は日本三大雪渓として知られ、その壮麗な景色を楽しみに多くの登山客が訪れます。『奥の細道』において、松尾芭蕉はすでに奥州・月山（がっさん）の雪渓の美しさを称えています。

日も月も大雪渓の真夏空　飯田蛇笏

青田（あおた）

a green paddy field

苗が生長し、穂が出る前の青々とした状態の田んぼが「青田」です。「青田風（あおたかぜ）」が稲をなびかせ、風に揺れる田んぼ一面に「青田波（あおたなみ）」が立ちます。日本らしいのどかな夏の田園風景です。

稲の生長とともに田んぼを表す季語も変化します。まだ苗を植える前の「春田（はるた）」は春。田植えをしたばかりの瑞々しい「植田（うえた）」「早苗田（さなえだ）」「五月田（さつきだ）」や、水が隠れるほどに育った稲が青々と茂る「青田」は夏。黄金色の稲穂が揺れる「秋の田」、稲刈りを終えた「穭田（ひつじだ）」は秋。春耕を待つ「冬田（ふゆた）」は冬。

なかでも「青田」という季語には、すがすがしさや健やかさ、同時に豊穣への期待感から来る明るさが感じられます。

山々を低く覚ゆる青田かな　与謝蕪村

滝（たき）

a waterfall

切り立った断崖から、しぶきをあげながら勢いよく流れ落ちる「滝」は、その涼気を捉えて夏の季語とされています。暑い夏の日に滝壺に近づくと、ひんやりとして気持ちがいいものです。滝壺に入って滝の水を浴びる「滝浴び」も季語になっています。

大きな滝は「瀑布（ばくふ）」と呼ばれます。日光の「華厳（けごん）の滝」、熊野の「那智（なち）の滝」、奥久慈の「袋田（ふくろだ）の滝」は日本三名瀑といわれ、観光名所になっています。瀑音を轟かせながら一気に落ちる瀑布は迫力がありますが、一方で、山道で出くわす白糸を垂らしたような小滝も美しいものです。古くは季節の言葉とは見なされず、夏季と定まったのは近代以降のことです。

神にませばまこと美はし那智の滝　高浜虚子

更衣

ころもがえ

changing one's clothes

季節の移ろいに合わせて衣服を着替えることを「更衣」といいますが、俳句ではとくに夏物に替えることを指します。厚手の衣類を脱いで身軽になると、心まで軽やかになるものです。

もともとは宮中行事で、「更衣」は帝に仕える世話係の「女御更衣(にょうごこうい)」という役職が語源です。陰暦4月1日にそれまで着ていた綿入(わたいれ)から袷(あわせ)にあらため、5月から8月は帷子(かたびら)、9月は袷、9月中旬から3月は綿入で過ごすというのが貴族社会のしきたりでした。

現在では、夏服への更衣は6月1日頃。学校や官公庁の制服が明るい夏服に替わります。

恋のない身にも嬉しや衣がへ　上島鬼貫

夜振

よぶり

fishing by the swaying torchlight

強い明かりに集まる魚の習性を利用した漁法の一つを「夜振」といいます。夏の闇夜の中、松明(たいまつ)やカンテラ、電燈などの「夜振火(よぶりび)」を赤々と灯して打ち振り、その火影におびき寄せられた川魚を獲るのです。川魚は、鯉や鮒(ふな)、鰻などで、網ですくったり、やすで突いたり、釣ったりして捕まえます。

「夜振」はおもに川での漁に使われる言葉で、海での漁は「夜焚(よたき)」といって、烏賊(いか)、イサキ、メバルなどを獲ります。暗い波間に静かに揺れる明かりは趣があります。いずれも夏の夜を象徴する水辺の景です。

橋の上夜振の獲物分ちけり　高浜虚子

釣忍

つりしのぶ

a summer fern arrangement

「忍」は、山地の樹木や岩の上に着生するウラボシ科のシダ植物で、夏の季語です。淡褐色の鱗片で覆われた長い根茎を束ねて巻きつけ、水苔で覆い、球形や月・小屋・船形などさまざまな形にして「忍玉（しのぶだま）」を作ります。夏になると、これを軒下に飾って「釣忍」として観賞するのです。「吊忍」とも書き、「軒忍（のきしのぶ）」と呼ばれることもあります。

釣忍の緑は美しく目に鮮やかで、涼しげです。滴るほどに水をやると、しばし暑さを忘れさせてくれます。夏の涼感を演出する風流な飾りとして、江戸時代中期から庶民に親しまれてきました。釣忍の下に風鈴を吊るすと、目と耳の両方で涼を味わうことができます。

人知れず暮るる軒端の釣荵　日野草城

早乙女

さおとめ

a rice-planting maiden

苗代で育てた苗を田植えする女性を「早乙女」と呼びます。「植女(うえめ)」「五月女(さつきめ)」ともいいます。日本は「瑞穂(みずほ)の国」と美称されるように、古来、稲作が生活と文化に深く結びついてきました。その稲作において、田植えは稲刈りと並び、大切な神事だったのです。

早乙女の「さ」は田の神のこと。早乙女は田の神に仕える女性を意味します。紺の絣(かすり)に赤い帯を締め、紺の手甲(てっこう)と脚絆(きゃはん)、頭には白い手拭いを巻いて菅笠(すげがさ)をかぶります。そんな揃いの姿の早乙女たちは一列に並び、豊作を祈る田植歌を歌いながら一株ずつ苗を植えつけていくのです。今では見ることの少なくなった光景ですが、凛々しい早乙女の姿に農耕の風雅を感じます。

早乙女や神の井をくむ二人づれ　飯田蛇笏

甘酒

あまざけ

a sweet drink made from fermented rice

糯米(もちごめ)の粥に麹(こうじ)を加え、とろ火で7時間ほど煮込み、発酵させて作る「甘酒」は、古くから愛飲されてきた伝統的な甘味飲料です。「一夜酒(ひとよざけ)」ともいいますが、アルコール分はほとんどありません。

正月の寺社や冬の縁日などで振る舞われ、かじかんだ体を温めてくれる飲み物という印象があるかもしれません。しかし、意外にも夏の季語なのです。

江戸時代、真鍮(しんちゅう)の甘酒釜を据えた箱を担ぎ、「甘い、甘い、あまーざけ」という売り文句で行商する甘酒売は、夏の風物詩でした。暑い夏に熱い甘酒を飲むと、かえって暑さを忘れることができ、暑気払いになったようです。

御仏に昼供へけりひと夜酒　与謝蕪村

花火

fireworks

はなび

夏の夜、空高く打ち上がり、大輪の花を咲かせるがごとく開く「花火」。それを追いかけるようにドーンと響く音もまた趣があります。夜空を彩る鮮やかさと、一瞬にしてはかなく消える哀れさが人々の心を捉え、江戸の昔から愛でられてきました。

見物客の掛け声としておなじみの「たまやー」「かぎやー」とは、江戸を代表する二大花火師「玉屋」「鍵屋」のこと。隅田川花火大会の前身である両国の川開き大花火では、両国橋をはさんで上流を玉屋が、下流を鍵屋が受け持ち、競い合うように見事な花火を打ち上げたのです。

滴るような火花が美しい線香花火や地面を走り回る鼠花火も、夏の夜を楽しませてくれます。

暗く暑く大群集と花火待つ　西東三鬼

羅

gossamer

うすもの

盛夏用に作られた上質な単衣（ひとえ）の着物を「羅」といいます。絽（ろ）、紗（しゃ）、明石（あかし）、透綾（すきや）などの薄絹で仕立てられ、張りがあって風通しがよく、見た目も着心地も涼しいものです。

蟬の翅（はね）のように薄く透き通っていることから、「蟬の羽衣（はごろも）」とも呼ばれます。「蟬の羽のうすき衣のひとへ山あを葉涼しき風の色かな」（藤原家隆）などと古くから和歌に詠われ、「蟬の羽（は）の」は枕詞として「薄し」「単衣」「衣」などにかかりました。

夏の和服の季語には、ほかに「袷（あわせ）」「単衣」「セル」「浴衣（ゆかた）」などがあります。洋服が主流になり身につけることが少なくなった分、俳句の中で味わいたいものです。

羅をゆるやかに着て崩れざる　松本たかし

夏の季語　行事

端午

たんご

Boy's Day celebration

伝統的な年中行事を行う季節の節目となる日を節句といい、「端午」はその一つです。1月7日の「人日」、3月3日の「上巳」、5月5日の「端午」、7月7日の「七夕」、9月9日の「重陽」を五節句といいます。

端午は男子の節句で、「菖蒲の節句」ともいわれます。菖蒲に尚武（武道・武勇を尊ぶこと）の気質を養うという意味をかけて、男子の健やかな成長を祈願するようになりました。邪気を祓うとされる菖蒲を軒に挿し、鯉幟を立て、武者人形を飾って祝います。男子が生まれて初めて迎える端午は「初節句」といいます。

孫六が太刀の銘きる端午かな　田川鳳朗

安居

あんご

varsika

仏教において、陰暦4月16日の「結解」から7月15日の「解夏」までの約3カ月間、僧侶たちが一室に籠り、精進修行することを「安居」、または「夏行」といいます。

安居とは梵語で雨期を意味し、もとは釈迦がインドの雨期3カ月に仏弟子の外出を禁じ、室内修行に専念させたことに由来します。雨期の悪天候による被害に遭ったり、歩き回って昆虫などを踏んで殺生したりすることを防ぐのが目的でした。

俳句では、泊りがけの夏季鍛練会などを夏行と呼んで、山寺などで開催することもあります。

よき水を庭井に蔵し安居かな　篠原温亭

富士詣

pilgrimage to Mt. Fuji

ふじもうで

昨今の登山ブームのはるか昔から、日本人は信仰を目的とした登山を行ってきました。その代表格が「富士詣」です。富士山に登り、山頂にある富士山本宮浅間大社（ほんぐうせんげんたいしゃ）の奥宮に参詣することをいいます。参詣者は白衣を身につけ、金剛杖を携えます。

陰暦6月1日の山開きに合わせて、江戸の浅草、駒込など各地に分祀された浅間神社では、富士山の溶岩で作った境内の富士塚を登りました。これも富士詣とされました。

現在ではレジャーとしての側面が強い富士登山ですが、雲海に広がる御来光を拝む人々の姿には、いにしえから続く富士信仰の心を垣間見ることができます。

砂走り（すばしり）の夕日となりぬ富士詣　飯田蛇笏

祭

a festival

まつり

夏に行われる各神社の祭礼を総称して「祭」と呼びます。古くは、京都賀茂神社の「葵祭（賀茂祭）」を「祭」とし、それ以外の祭礼は「夏祭」と呼んで区別しました。しかし、俳句では総称を「祭」としたため、「葵祭」は独立した季語となったのです。

春祭、秋祭が五穀豊穣の祈願や感謝のためのものであるのに対し、夏祭は疫病や災厄などを払うことがおもな目的です。祭神は祭の前夜に来臨するため、「宵宮（よいみや）」と称される前夜祭は祭の当日以上に賑わうこともあります。祭の当日には、神の乗り物である神輿（みこし）や山車（だし）、鉾（ほこ）、楽車（だんじり）などが巡行し、笛や太鼓の祭囃子がこれに付き添います。

神田川祭の中を流れけり　久保田万太郎

夏の季語　動物

燕の子

つばめのこ

swallow chicks

春に南方から渡ってきた燕は、泥や雑草をせっせと運んで巣を作り、そこで「燕の子」を育てます。産卵は4月末から5月初めと、6月から7月の二回。雛はそれぞれ一番子、二番子と呼ばれます。5羽ほどの雛たちがいっせいに大きな口を開けて、親鳥に餌をねだる姿はなんとも微笑ましい光景です。

民家の軒下などに巣を作ることから人目に触れやすく、身近な鳥として親しまれています。「燕が巣をかけるとその家に幸せが訪れる」という言い伝えもあり、人々に大事に扱われてきました。

燕の子眠し食ひたし雷起る　西東三鬼

金魚

きんぎょ

a goldfish

鮒（ふな）の一種の突然変異で生じた赤色の原種から作られた飼育品種。室町時代後期に中国から渡来したのが始まりです。江戸時代には、庶民の間でも金魚が人気となり、金魚の桶を天秤棒で担ぎ、独特の呼び声で売り歩く「金魚売（きんぎょうり）」が夏の風物詩となりました。現在飼育されている品種は20種以上で、「和金（わきん）」「蘭鋳（らんちゅう）」「琉金（りゅうきん）」「出目金（でめきん）」などがあります。

縁日で金魚すくいに興じ、一喜一憂する子どもたちの姿は昔も今も変わりません。持ち帰った金魚は、金魚鉢の中ですいすいと泳ぎ、涼を誘います。

生涯の今の心や金魚見る　高浜虚子

初鰹

はつがつお

the first bonito of the season

回遊魚である鰹は、黒潮に乗って太平洋岸を北上します。青葉の茂る5月から6月頃には相模灘に差しかかり、脂が乗ってきます。この頃に水揚げされる走りの鰹を「初鰹」といい、「初松魚」とも書きます。

初鰹は珍重され、法外な高値で取引されましたが、江戸時代の庶民は「女房子どもを質に置いてでも食え」というほどで、我先にと買い求めました。

江戸中期の俳人、山口素堂の「目には青葉」の句は、初鰹の旬を思い出させてくれます。じつは鰹の旬は年に二回。初夏の初鰹はたたきにぴったりで、秋の「戻り鰹」はより脂が乗っているため刺身が美味しい食べ方です。

目には青葉山郭公（ほととぎす）初鰹　山口素堂

蛍

ほたる

a firefly

ホタル科の昆虫で、きれいな水辺に生息します。日本では約40種が知られ、「源氏蛍」と「平家蛍」が代表的な種です。初夏の宵、腹部の発光器官を光らせながら闇を飛び交う姿は神秘的で、古来、人々に愛でられてきました。蛍の光はじつは求愛信号であり、明滅しながら飛ぶ雄に、草むらの雌が光を返すとその雄が近くにやってきて交尾が始まります。そのため、蛍の光に恋情を託して詠まれることがよくあります。

蛍の寿命はおよそ一年。その大半を水中で過ごし、成虫になって光を放ちながら飛べるのはわずか一週間です。そのはかなさを思うと、青白い光が生命の輝きのように感じられ、よりいっそう魅了されます。

人寝ねて蛍飛ぶなり蚊帳の中　正岡子規

落し文

おとしぶみ

a weevil

オトシブミ科の甲虫の総称で、頭部が細長く、後頭部が細くくびれた虫です。体長3～10ミリと小さいながら、広葉樹の若葉をくるくると器用に巻いて巣を作り、その中に産卵します。枝先にぶら下がっていたこの筒状の「揺籃（ゆりかご）」が地上に落ちたものを「落し文」に見立てたことから、この名が付きました。

落し文とは、公然といえない内容を巻紙に記し、わざと通路などに落としておく文書のこと。それがこの甲虫そのものの名前に転じたというのですから、じつにユニークです。揺籃は、「時鳥（ほととぎす）の落し文」「鶯（うぐいす）の落し文」と呼ばれていました。鳥たちが餌としてくわえていたのを誤って落としたという発想からきているようです。

音たてて落ちてみどりや落し文　原 石鼎

時鳥
a little cuckoo

ほととぎす

5月頃に南方から渡ってきて、夏の訪れを告げる鳥です。「ほととぎす」は、「不如帰」「杜鵑」「子規」とも書きます。体長は30センチに満たず、背中と喉は灰色で、腹には白黒の横縞模様があります。自ら巣は作らず、鶯などの巣に卵を産み、育てさせる托卵の習性があります。

鶯と並び、初音を心待ちにされた鳥で、万葉の時代から愛され、多くの歌や句に詠まれてきました。「天辺かけたか、本尊かけたか」「特許許可局」などと聞きなされる鋭い声で、昼夜問わず盛んに鳴きます。正岡子規は、口の中が赤く、「血を吐いて鳴く」といわれる時鳥に結核を患う自らの姿を重ね、時鳥の異称である「子規」を俳号にしました。

ほととぎすあすはあの山こえて行こう　種田山頭火

空蟬
a cicada husk

うつせみ

夏の間、けたたましい鳴き声で存在感を主張する虫、「蟬」。その抜け殻を「空蟬」といいます。蟬の幼虫は、地中で数年から十数年も暮らしたあと、夏に地上へ這い出てきて、木の枝などに上り最後の脱皮を行います。まず背中が縦に割れて頭が現れ、体を反らせて全身が出てきます。この成虫が脱皮したあとの褐色の殻を空蟬と呼ぶのです。

殻には眼や節の形が細やかに残り、殻だけだというのに、力強く木にしがみつく蟬の意志のようなものを感じます。それでいて、魂が抜けてしまった哀れさも漂うのです。実際に「空蟬」は歌の枕詞として、「わびし」「むなし」「から」などにかかります。

岩に爪たてて空蟬泥まみれ　西東三鬼

夏の季語 植物

葉桜

はざくら

a cherry tree in leaf

桜は、葉に先立って花が開きます。満開の時期は短く、見頃が過ぎるとあっという間に散り尽くします。すると、入れ替わるように枝々に若葉が萌え出て、やがて木全体を覆い、「葉桜」となるのです。葉桜の薄緑色は瑞々しく、初夏の爽やかな風を感じさせます。木漏れ日を透かしてきらきらと輝く様子は、活力に満ちあふれています。

花の時期のような華やぎはありませんが、葉だけになっても「葉桜」と特別な名で呼ぶところに、日本人の桜への愛着が秘められているような気がします。

葉ざくらや南良(なら)に二日の泊り客　与謝蕪村

筍

たけのこ

a bamboo shoot

竹の地下茎から伸び出た若芽が「筍」で、「竹の子」とも書きます。竹は非常に種類が多いのですが、食用となるのはおもに「孟宗竹」「真竹」「淡竹」の三種類です。筍は3月上旬から出回りますが、初夏の味覚といえるでしょう。地表が盛り上がり、顔を出す直前の筍は大変柔らかく、掘りたてを刺身で食べることもあります。

竹の生長は早く、段階ごとにさまざまな季語に形を変えます。春は「竹の秋」、夏は「筍」「若竹」「竹落葉」、秋は「竹の春」「竹伐(き)る」、冬は「竹馬」といった具合です。「筍」の季語からも、生長の勢いや、みなぎる生命力が感じられます。

筍のまはりの土のやさしさよ　日野草城

牡丹

ぼたん

a peony

中国原産の「牡丹」は、豪華な花です。晩春から初夏にかけて、枝先に径10～20センチの大きな花を一つつけます。原種の紅紫色のほか、黒紫、淡紅、桃、白、黄、絞りなど艶やかな色の花びらが幾重にも重なって咲きます。気品高いことから「花王」「富貴花」「天香国色」など、褒め称える呼び名がいくつもあります。

中国でも日本でも古くから好まれ、多くの詩歌に詠まれてきました。日本への渡来時期は定かではありませんが、『出雲風土記』には「牡丹(ふかみぐさ)」として、『枕草子』や『蜻蛉日記』には「ほうたん」として登場します。現代でも、気品ある美女を「立てば芍薬(しゃくやく)、座れば牡丹」と形容するほど、牡丹の華やかな美しさは愛されています。

牡丹散つてうちかさなりぬ二三片　与謝蕪村

紫陽花

a hydrangea

あじさい

梅雨入りの頃から咲き始め、梅雨明けとともに花期が終わるという、雨の似合う「紫陽花」。日本原産の額紫陽花を母種とする園芸品種であり、『万葉集』の時代から愛でられてきました。「あぢ」は集まる、「さい」は藍色を意味し、その名のとおり小さな花々が毬のように密集して咲きます。

四つの萼片（がくへん）が花弁状に大きくなることから「四葩（よひら）」と呼ばれます。咲き始めは白で徐々に色が変わっていくことから「七変化」ともいいます。土壌によっても花の色は変わり、酸性土では青色、アルカリ性土では赤紫色の花を咲かせます。

雨を含んで毬状の花が重たげに咲いているさまは、艶（えん）があります。

紫陽花やはなだにかはるきのふけふ　正岡子規

百日紅

a crape myrtle

さるすべり

7月から9月にかけて、枝先に桃、紅、紅紫、白色などの小さな六弁花を円錐状に密集して咲かせます。高さ3〜7メートルの落葉高木で、革質の楕円形の葉が対生します。

春から夏にかけての100日もの間、咲き続けることから「百日紅」の漢名が付いたといわれています。また、木登りが得意な猿が滑り落ちるほど木肌が滑らかなことから「さるすべり」の読みが与えられました。

庭木や街路樹として身近な花木ですが、とくに寺社の庭に植えられていることが多く、京都や奈良、鎌倉などの古都の夏を印象的に彩ります。俳句では、炎天下に咲き誇る百日紅の力強さや華やかさがよく詠まれます。

炎天の地上花あり百日紅　高浜虚子

夏草
summer grass
なつくさ

夏に青々と茂るあらゆる草を総称して「夏草」といいます。山野、土手、空き地などを緑一色に覆い、いくら刈っても、次から次へと茂ってくる生命力には驚かされます。炎天下で特有の強い匂いを放ち、雨が降らなくても枯れることはありません。夏草が醸し出す、むんとした熱気や匂いは「草いきれ」という夏の季語で言い表すことができます。

夏草といえば、芭蕉が『奥の細道』の旅の途中に平泉で詠んだ「夏草や」の句が有名です。芭蕉は、眼前に生い茂る「夏草」を眺めながら、人の世のはかなさを憂えたのです。そのほか、夏らしいエネルギーに満ちた様子や灼熱の感覚などが、「夏草」の句には詠まれてきました。

夏草や兵どもが夢の跡　松尾芭蕉

木下闇
darkness under the trees
こしたやみ

盛夏の頃、鬱蒼と茂った木立の下が、昼間とは思えないほど暗い様子を「木下闇」といいます。夏の強烈な日差しを浴びたあとで、茂った樹林の中に急に入ると、その落差からいっそう暗く感じるものです。「緑陰（りょくいん）」と言い換えることもできますが、木下闇より語感が明るい印象で、木の下で思い思いに過ごす人たちの表情まで目に浮かんでくるようです。

「木下闇」は平安時代以降に使われた言葉であり、それ以前の『万葉集』などには、「木の晩（くれ）」「木暮（こぐれ）」「木の暗隠り（こ・くれがく）」「木の暗茂（こ・くれしげ）」といった表現が目立ちました。ただし、「木下闇」が夏の昼間という条件のもとに季語となったのは、俳諧の時代になってからです。

灰汁桶（あくおけ）の蝶のきげんや木下闇　小林一茶

第三章

秋

青空が高く透きとおり、草木が色づく美しい季節です。秋は涼風とともに、作物の実りをもたらしてくれます。夕日を浴びて風にそよぐすすきは、自然の中に身をゆだねる心地よさと、ほんの少しの寂しさを感じさせます。

をりとりてはらりとおもきすすきかな
飯田蛇笏

秋の季語　時候

残暑

ざんしょ

lingering summer heat

立秋（8月7日頃）を過ぎれば、暦の上ではもう秋です。しかし、8月はまだまだ厳しい暑さが残っています。これを「残暑」といい、「残る暑さ」「秋暑し」「秋暑（しゅうしょ）」ともいいます。

もちろん秋の涼しさを感じる日もあるのですが、そんな日のあとのぶり返す暑さは体にこたえます。盛夏の暑さよりも、むしろ残暑の方が耐えがたい暑さなのです。暑気あたりで体調を崩すのもこの頃です。

「残暑見舞」は8月末頃までに出します。相手の体調を気遣いながら、こちらの近況を伝えましょう。

牛部屋に蚊の声闇き残暑かな　松尾芭蕉

新涼

しんりょう

coolness of autumn

立秋を過ぎると、まだ夏の気配が色濃い中にも、時折、涼やかな風が混じりはじめます。この頃に感じる涼しさを「新涼」といいます。

夏の季語に「涼し」がありますが、これは暑さを前提とした気分的な涼しさです。対して「新涼」は、実際に皮膚で感じる直接的な涼しさをいいます。初秋の涼気を新鮮に捉えている季語には、「初めて涼し」「新たに涼し」「初涼（しょりょう）」「秋涼（しゅうりょう）」「早涼（そうりょう）」などもあります。

肌をなでるさらさらとした風に、夏の暑さから解放される喜びを実感します。それと同時に一抹の寂しさや心細さも抱くものです。

新涼の月こそかかれ槙柱　高浜虚子

秋の暮

あきのくれ

autumn twilight

「秋の暮」という季語には、二つの意味があります。秋の夕暮れと、秋の末です。これら両方の意味が渾然一体となって使われる季語なのです。秋の夕暮れにも、秋の末にも、そこはかとない寂しさが漂います。どちらともとれる「秋の暮」には奥深さがあり、古くから俳人たちに愛用されてきました。

清少納言は『枕草子』で「秋は夕暮」とし、秋で最も情緒があるのは夕暮れだと述べています。そんな風情も感じさせる季語です。

区別すべき季語として覚えておきたいのが「暮の秋」です。「暮の秋」は、夕暮れの意味は伴わず、ただ秋の末だけをいいます。背景には、暮れゆく秋を惜しむ心があります。

此の道や行く人なしに秋の暮　松尾芭蕉

夜長

よなが

long autumn nights

「秋の夜長」といわれるように、秋の夜が長く感じられることをいいます。夏至を過ぎると日ごとに昼は短く、夜は長くなっていきます。実際に夜が最も長くなるのは冬至（12月21日頃）ですが、夏の夜があまりにも短いため、そのすぐあとの秋の夜を長く感じるのです。暑い夏が過ぎ、涼しい秋の夜が長くなっていくのを喜ぶ気持ちが表れています。

めっきり更けてきたと感じてもまだ宵の口だったりして、夜なべにも精が出ます。読書や映画鑑賞をしたり、お酒を飲みながら語らったりと思い思いに過ごす秋の夜長は贅沢な時間です。

春の昼の長さをのんびりと感じている「日永（ひなが）」に対応する季語です。

耳際に松風の吹く夜永かな　小林一茶

爽やか

さわやか

refreshing

すがすがしく、さっぱりしていて快いさま、はっきりしているさまを「爽やか」といいます。日常的に使われる言葉で、気候や気分だけでなく、人の性格や風貌などに用いることもあります。若葉が青々と茂り、薫風が気持ちいい5月頃の季節を爽やかと形容することがよくありますが、俳句の世界では「爽やか」は秋の季語とされています。

秋になると空は晴れ渡り、大気が澄んで、遠くの山々までがはっきりと見えます。そんな秋の空気感とともに、心理的に感じる爽快さを「爽やか」と言い表すのです。

同義の季語として「さやけし」「さやか」「爽やぐ」「爽気」「爽涼」などがあります。

爽やかに山近寄せよ遠眼鏡　日野草城

身に入む

みにしむ

to feel in one's bones

本来、「身に入む」は、骨身にしみて痛感させられることを意味します。和歌に詠み継がれていくうちに、しみじみと感じる秋の哀れの季節感が伴って、季語になりました。秋の気配や秋冷などが骨身にしみとおっていくように感じることをいいます。「身に沁む」「身に染む」とも書きます。

この言葉を秋の季語として定着させたのは、藤原俊成の「夕されば野べの秋風身にしみて鶉鳴くなり深草の里」（『千載集』）と、源頼政の「こよひたれ篠吹く風を身にしめて吉野の岳の月を見るらむ」（『新古今和歌集』）の2首です。ともに秋の「あはれ」と人の世の「あはれ」を掘り下げた寂寥感をもつ名歌です。

身にしむや亡き妻の櫛を閨に踏む　与謝蕪村

夜寒

chill of night

よさむ

晩秋の頃、昼間は感じなかった肌寒さを夜に覚えることを「夜寒」といいます。「宵寒」「夜寒さ」ともいいます。

「寒し」というと冬の季語になりますが、「夜寒」「朝寒」は日中がまだ暖かいからこそ感じる朝晩の寒さをいっています。そのため、冬ではなく、秋にこそふさわしい季語なのです。10月末から11月初めにもなると、昼夜の温度差が激しくなってくるので、実際の気温よりもなおさら寒く感じるものです。

夜寒は、いよいよ秋も終わりに近づき、厳しい冬が迫ってきているのだという感慨を抱かせます。抗うことのできない季節の移ろいに、ものの哀れを感じます。

あばら骨なでじとすれど夜寒かな　小林一茶

秋深し

autumn deepens

あきふかし

晩秋10月にもなると、大気は澄み、木々は色づき、日没は日増しに早くなります。長い夜には月が冴え渡り、何かしらもの悲しい気持ちになるものです。このように秋もいよいよ極まったという感じを表すのが「秋深し」です。

芭蕉の「秋深き」の句が、この季語を広く一般に知らしめたといえるでしょう。晩秋の夜、聞こえる物音やこぼれる灯に、「何をしている人だろう」と隣家の住人に思いを馳せる人懐かしさを詠んでいます。秋の寂寞の中にも、温もりを含んだ季語として用いられたのです。

刻々と深まっていく秋は、「暮の秋」「行く秋」「秋惜しむ」を経て、冬の接近を意識する「冬隣」へと変化していきます。

秋深き隣は何をする人ぞ　松尾芭蕉

稲妻
いなずま
lightning

初秋の夜空に電光が走る現象を「稲妻」といいます。遠いため雷鳴は聞こえず、雨も伴わないことが多く、光だけが切り裂くように夜空を駆けぬけるのです。この現象は、空中電気が放電されることによって起こります。

古代の農民は、この光によって稲が霊的なものと結びつき、穂を実らせると信じていました。そこから、稲の伴侶という意味の「稲妻」の名があてられたのです。

これに対し、夏の季語である「雷」は、「神鳴り」が語源であり、光よりも音に重きが置かれました。

稲妻に悟らぬ人の貴さよ　松尾芭蕉

秋晴
あきばれ
clear autumnal weather

一片の雲もなく青々と晴れわたった秋の空を「秋晴」といいます。「秋日和（あきびより）」にも同じ意味がありますが、少し語感が異なります。全体を包み込むような穏やかな空気を感じさせる「秋日和」に対し、「秋晴」は青空に焦点が絞られ、爽やかな張りがあります。

秋の移動性高気圧が澄んだ空気を運んでくるため、快晴になることが多く、「天高く馬肥ゆる秋」といわれます。一方、変わりやすいものをたとえて「女心と秋の空」というように、秋晴は1～2日しか続かず、その後は雨になることも多く、秋の天気は安定しません。

秋晴れて凌雲閣の人小さし　正岡子規

天の川

the Milky Way

あまのがわ

無数の恒星が川のように帯状になって、ほの白く輝く「天の川」。北半球では一年中夜空にかかっているのですが、春は地平線に沿うようで見づらく、冬は高くかかるものの光が弱く、最も美しく明らかに見えるのが大気の澄んだ秋なのです。

毎年7月7日の夜、一年に一度だけ天の川を渡って会うことを許された牽牛星（鷲座のアルタイル）と織女星（琴座のベガ）の七夕伝説と結びつけて、『万葉集』以降、多くの「天の川」の歌が詠まれてきました。一方、俳句の世界では、七夕伝説とは関連付けずに、澄んだ秋の空にかかる「天の川」そのものの美しさを詠んだ句もたくさん生まれています。

荒海や佐渡に横たふ天の川　松尾芭蕉

鰯雲

a cirrocumulus

いわしぐも

天高く晴れた秋の空に、小さな白雲が規則正しく連なって、魚の鱗（うろこ）のように美しい模様を作ります。これを鰯の群れに見立てて「鰯雲」といいます。一説には、この雲が現れると鰯が豊漁になるため、この名が付いたともいわれます。「鱗雲」の呼び名も一般的ですが、ほかにも鯖（さば）の背の斑点に似ていることから「鯖雲」、羊の群れに見えることから「羊雲」とさまざまな形にたとえられます。

青空にそびえ立つ積乱雲、「雲の峰」が夏の雲の代表であるならば、気象学上は巻積雲（けんせきうん）と呼ばれ、高い空に静かに薄く広がる「鰯雲」は、秋の雲の代表です。この雲を見つけると、秋の訪れをしみじみと感じるものです。

いわし雲大いなる瀬をさかのぼる　飯田蛇笏

野分

fierce autumn wind

のわき

秋の暴風のことをいい、草花の生い茂った野を吹き分けるほどに吹くため、「野分」の名が与えられました。おもに台風のことを指します。

現在では、気象庁などが発表する台風情報で、台風の接近や進路を事前に知ることができますが、いにしえの人たちにとっては吹き荒れる強い風でしかなく、野分と呼んでいたのです。

清少納言は『枕草子』で「野分のまたの日こそ、いみじうあはれに、をかしけれ」の書き出しで野分の吹いたあとの様子を見事に描き出しています。当時の和歌の多くは、野分の吹きすさぶ様子よりも、吹いた明くる日などの草木がなぎ倒されて、見るも無残なさまに「あはれ」を感じていたのです。

大いなるものが過ぎ行く野分かな　高浜虚子

露 つゆ dew

風のない晴れた夜、地面が放射冷却によって冷やされ、辺りの空気も冷たくなることにより、水蒸気が凝結します。これが草木の葉などに水の玉を結んだものが「露」です。露は一年中発生しますが、気温差が激しい秋が最も多いため、単に「露」といえば秋の季語です。

草むらなどに真っ白な露が一面に結ぶのを「露葎（つゆむぐら）」といいます。里芋の大きな葉の上で露の玉がころころと転がる様子は愉快であり、「芋の露」と呼ばれます。

また、露は日が当たるとたちまち乾いて消えてしまうため、はかなさの象徴とされました。わずかな時間を「露の間」、この世の無常さを「露の世」といいます。

金剛の露ひとつぶや石の上　川端茅舎

名月 めいげつ the harvest moon

陰暦8月15日の「中秋の名月」をいい、一年で最も美しい月とされます。その明るさから「明月」とも書きます。新芋などのその年の初物を月に供えたことから「芋名月」の名もあります。この月が出る夜は、「十五夜」「良夜」と呼ばれます。

「雪月花」という言葉があるように、詩歌の世界では秋の「月」は、春の「花」、冬の「雪」と並んで、日本の自然美の代表格とされてきました。秋草が咲き乱れ、虫の音が響き合う風情あふれる秋の野で、ふと天空を仰ぐと、澄みわたった夜空に手を伸ばせば届きそうなほど大きく清澄な名月が輝いています。そんな風雅な光景がありありと浮かんでくる季語です。

名月や池をめぐりて夜もすがら　松尾芭蕉

花野

a field full of flowers

はなの

秋のさまざまな草花が咲き満ちた野を「花野」といいます。人の手によって植えられた花ではなく、高原などに見られる秋の七草（萩、薄、葛、撫子、女郎花、藤袴、桔梗）のほか、野菊、吾亦紅、竜胆、水引草、曼珠沙華などが思い思いに咲きます。

「花」といえば春の季語ですが、「花野」は秋の野に限定して用いられます。春は桜、梅、桃、藤など樹木の花がとくにもてはやされたのに対し、秋は野に咲く草花が愛でられたというのが理由でしょう。慎ましやかな花々が咲く花野には、秋らしい風情が漂います。

行きぬけて知る人に逢ふ花野かな　与謝蕪村

秋の田

autumn fields

あきのた

稲が実って穂を垂れた頃の田を「秋の田」と呼びます。この時期、新潟、秋田、山形などの米どころの平野では、実りの秋にふさわしい田園風景が広がり、日本の美称「瑞穂の国」を実感します。吹き渡る風に重く垂れた穂は揺れ、田面は波立ち、稲雀はいっせいに飛び立ちます。明るい秋の田は、豊かさそのものです。

黄金色に色づいた田の色彩は「田の色」という季語で表し、実りの早いものは「早稲田」、遅いものは「晩稲田」といいます。収穫を終えると「刈田」、刈株から新しい茎が生えてくると「穭田」になります。

秋の田の夕焼したる眺め哉　村上鬼城

水澄む

the waters clear

みずすむ

秋になると、河川や海、湖沼はもとより、公園の噴水や水たまり、庭先の汲み置きの水まで水底が見えるほどに澄みわたります。これを「水澄む」といいます。

天高く晴れわたる秋は、大気だけでなく隅々までが澄んで、清涼感にあふれています。その感覚を水にまで覚えるのです。同義の「秋の水」は、和歌の時代から詠まれてきた季語であり、澄みきった心や深まりゆく秋の豊かさなども内包しています。

水を通じて季節の移ろいを感じる季語には、その温かさに春の訪れを喜ぶ「水温む（みずぬる）」、手を切るほどの冷たさに寒々しさを覚える「冬の水」などもあります。

石狩の水ナ上にして水澄まず　高浜虚子

不知火

mysterious lights on the sea

しらぬい

陰暦8月1日頃の深夜、九州の八代海（やつしろかい）や有明海の沖に見られる光が「不知火」です。暗闇の中、無数の火が横に広がって明滅し、灯火のようにゆらめき動く不思議な現象です。

『日本書紀』によると、景行天皇が筑紫に行幸された際、この火が現れたといいます。その火影に導かれて船を進めると、無事に岸に着くことができました。天皇がこれは誰の火かと尋ねたところ、誰も知らなかったため「不知火」という名が付いたとされます。

不知火が起こる原因は、夜光虫とも漁火（いさりび）ともいわれてきましたが、実際には漁火の光が海面付近の冷気によって屈折し、形が変化するため起こるとされます。

不知火が芒に映る晦日かな　鬼将

稲刈（いねかり）

rice reaping

夏の「田植(たうえ)」と並び、秋の「稲刈」は農家にとって重要な作業です。稲は実りすぎると品質が落ちるため、刈り取りの時季の見定めが肝心なのです。9月から10月頃がピークで、時季が来たとなれば、短期間で一気に刈り取らなければならないため、かつては家族総出で行ったり、人を雇ったりして作業しました。一株ずつ鎌で刈り取っていき、4～5株を一握りとし、二握り分を藁でくくって一把としました。

昭和後期からは機械化が進み、刈り取りから脱穀、選別までをこなす稲刈り機（コンバイン）を利用するようになりました。

世の中は稲刈る頃か草の庵　松尾芭蕉

秋思（しゅうし）

lonely feelings of autumn

秋のそこはかとない寂しさに誘われる物思いを「秋思」といいます。中国唐代の杜甫の詩「秋思雲髻(うんけい)を抛(なげう)ち、腰肢宝衣に勝る」に由来する季語だとされています。

草木が色づき、やがて枯れ落ち、寒さが増して冬に近づいていく秋には、万物凋落の侘しさが漂います。野分が吹いたり、長雨が続いたりと不安定な気候も手伝って、いろいろと思い悩み、体のだるさまで感じてくるものです。秋の夜長には、孤独感がいっそう深まります。

一方で、春の華やぎの裏に感じる哀愁や物憂い気持ちは「春愁(しゅんしゅう)」と表現します。

山塊にゆく雲しろむ秋思かな　飯田蛇笏

新酒

new brew of sake

しんしゅ

その年に収穫した新米で醸造した酒を「新酒」といいます。「今年酒（ことしざけ）」「早稲酒（わせざけ）」「早酒（わさき）」などともいい、とりわけ初物として出回る酒は「新走（あらばしり）」と呼びます。酒造の軒下に吊るされた杉の葉を束ねた大きな玉、酒林（さかばやし）は、新酒ができたことを告げています。

かつては収穫後の米をすぐに醸造したため、新酒は秋の季語になっていますが、現在では寒造りが主流で、2月頃が新酒の時季です。それでも秋の季語とされるのは、材料が新米であることや、秋の実りに感謝して神前に供える酒であるという意味合いが強いからでしょう。

酒をたしなむ俳人たちは、新酒の澄んだ色や芳醇な味、酔い心地などを句にしてきました。

ある時は新酒に酔うて悔多き　夏目漱石

七夕
たなばた
the Star Festival

陰暦7月7日の夕方を意味し、この日の行事を「七夕」といいます。現在では陽暦7月7日に行われますが、仙台の七夕祭のように月遅れの8月7日に行う地域もあります。

牽牛（けんぎゅう）・織姫の伝説に基づいた、中国の乞巧奠（きこうでん）という裁縫上達を祈る行事に、日本の棚機女（たなばたつめ）の信仰が結びついて、七夕の行事になりました。棚機女とは、水辺の棚で機（はた）を織りながら神を待つ少女の言い伝えです。

詩歌や願いごとを書いた短冊を飾る笹竹である「七夕竹」、それを川や海に流す「七夕送り」「七夕流し」も季語とされています。

うれしさや七夕竹の中を行く　正岡子規

硯洗
すずりあらい
inkstone washing

七夕の前日、日ごろ使っている硯や机を洗い清める風習を「硯洗」といい、七夕行事の一つとされてきました。季語においては「七夕」は秋季であるため、こちらも秋に分類されます。

学問の神、菅原道真を祀った京都北野天満宮で7月7日に行われる神事に、硯に梶（かじ）の葉を添えて神前に供える御手洗祭（みたらしさい）があります。硯洗はこれにならったものだとされます。

七夕の朝には早起きし、稲や里芋の葉に溜まった朝露を小瓶に集めました。この露で墨をすり、七夕竹に吊るす短冊や色紙を書くと、文字や文筆が上達するといわれたものです。

おもへただ硯洗ひの後の恥　斯波園女

盂蘭盆会

うらぼんえ

the Bon Festival

7月13日から16日に行われる先祖の魂を供養するための行事で、「盆」「お盆」の名で親しまれています。現在では、陽暦の7月に行ったり、月遅れの8月に行ったり、地域によって期間も風習もさまざまです。

一般的には、13日の夕方に盆提灯や迎え火で先祖の霊を迎えます。茄子や胡瓜（きゅうり）に苧殻（おがら）（麻の皮をはいだ茎）の脚を付けて牛や馬に見立て、魂棚や家の前に置くこともあります。魂はこの乗り物に乗って家に戻り、また帰っていくのです。16日の朝には、送り火で彼岸へと送りだします。

迎え火と送り火には、先祖が帰ってくるときの目印や、暗い足元を照らす照明の意味があります。

御仏はさびしき盆とおぼすらん　小林一茶

大文字

だいもんじ

Mountain Bonfire

盂蘭盆の終わりに、祖先の精霊を彼岸へ送るために火を焚く風習を「送り火」といいます。京都では8月16日の夜に「五山送り火」が行われますが、これを「大文字」ともいいます。

東山の如意ヶ岳中腹に設けられた大の字をかたどった火床に薪を積み、火が放たれます。すると、赤々と燃え上がる「大文字」が京都の夜にくっきりと浮かび上がるのです。続いて、市内を取り囲む山々に「妙・法」「船形」「左大文字」「鳥居形」が次々に点火されていき、いっせいに夜空を焦がすさまは壮観です。

数百年もの間、受け継がれてきた歴史ある盆行事であり、祇園祭と並ぶ、京都らしい風物詩となっています。

山の端に残る暑さや大文字　望月宋屋

蜩 ひぐらし

an evening cicada

蟬の一種で、夕方や朝方の涼しい時間帯に「カナカナカナカナ……」と透き通った声で鳴きます。夕暮れに鳴くことから「日暮(ひぐらし)」、鳴き声から「かなかな」ともいわれます。

「蟬」が夏の季語であるのに対し、「蜩」が秋の季語とされているのは、その鳴き声が秋にふさわしい爽涼を感じさせるためです。実際には、梅雨頃から鳴き始め、盛夏の頃に多く、初秋まで見ることができます。蜩は、古くから多くの詩歌に詠まれてきました。

秋に鳴く蟬の季語には、ほかに「秋の蟬」「法師蟬(ほうしぜみ)」「つくつくぼうし」などがあります。

日ぐらしや急に明るき湖の方　小林一茶

落鮎 おちあゆ

a sweetfish going downstream to spawn

清らかな河川の上流で夏を過ごした鮎は、初秋になると産卵のために中流・下流へと下ってきます。これを「落鮎」といいます。

産卵期が近づくにつれ、体は暗褐色になり、刃物の錆びたような粟粒状の斑点が現れるので「錆鮎」「渋鮎」の名もあります。浅瀬の砂底に卵を産み付けると消耗して衰え、見るも哀れな姿になります。

鮎漁解禁前のまだ小さな「若鮎」は春の季語、単に「鮎」というと夏の季語です。鮎は、一年の命であることから「年魚(ねんぎょ)」、特有の香りから「香魚(こうぎょ)」とも呼ばれます。

落鮎の身をまかせたる流れかな　正岡子規

鳥渡る

a migratory bird

とりわたる

秋になって、シベリアやカムチャッカのような北国から、冬鳥が群れをなして渡ってくるさまを「鳥渡る」といいます。木の実を求めて山から山へと南下してくるのです。

冬鳥とは、鴨、雁、白鳥などの水鳥や、鶫、花鶏、鶸、頭高などの小鳥類を指します。椋鳥、鵯などは、同じ日本の中で北から南へ移動しますが、これも「鳥渡る」です。これらの冬鳥を「渡り鳥」と呼びます。渡り鳥が雲のように群れをなすことを「鳥雲」、羽音を立てて飛ぶことを「鳥風」といいます。

「鳥渡る」「渡り鳥」とは対照的に、春になって冬鳥たちが北方へ帰っていくさまは「鳥雲に入る」「鳥雲に」として春の季語に用います。

吹きあがる落葉にまじり鳥渡る　前田普羅

蚯蚓鳴く

みみずなく

a cry of earthworms

秋の夜、道端などの地中からジーッという鳴き声が聞こえてくることがあります。これを蚯蚓が鳴いていると勘違いしたことから「蚯蚓鳴く」の季語が生まれました。蚯蚓はその昔、歌は上手なのに眼がない蛇と出会い、自分の眼と相手の声を交換したという説話があります。

しかし、実際には蚯蚓には発音器官がないことがわかっています。ジーッという鳴き声の正体は、螻蛄(けら)です。螻蛄とは蟋蟀(こおろぎ)に似た体長3センチほどの昆虫で、土に穴を掘ってすみ、羽と羽をこすり合わせて低い音を発します。

俳句の世界には、春に「亀鳴く」、秋に「蚯蚓鳴く」という空想的な季語があるのです。どちらも滑稽味があって、俳人に好まれます。

童子呼べば答なし只蚯蚓鳴く　正岡子規

秋刀魚

さんま

a Pacific saury

刀のように細長く平たい形をし、背は蒼黒色、腹は銀白色の「秋刀魚」は回遊魚で、夏はオホーツク海で育ち、9月頃には産卵のために南下を始めます。10～11月、群れは房総沖にまで達し、この頃には脂の乗った秋刀魚が庶民の食卓を賑わすのです。

秋刀魚は、秋の味覚の筆頭に挙げられます。焦げるくらいに直火で塩焼きにした秋刀魚に柚子をぎゅっと絞り、大根おろしを添えて食べるのが最高に美味しく、落語「目黒の秋刀魚」では、その気取りのない旨さに感激した殿様が描かれています。

大衆的な「秋刀魚」を詠んだ句は、生活感にあふれ、親しみやすいものが多いのが特徴です。

夕空の土星に秋刀魚焼く匂ひ　川端茅舎

蜻蛉

a dragonfly

とんぼ

大きな複眼と細長く透明な二対の翅（はね）、すいすいと空を飛ぶ姿が特徴的な「蜻蛉」は、幼虫の頃は「やご」と呼ばれて水中で生活します。世界には約6000種が生息していて、そのうち日本には約200種が生息しています。「赤蜻蛉」「秋茜」は、まさに秋の風景。「鬼やんま」「銀やんま」には力強さを感じます。「糸蜻蛉」というと、か細さが強調されます。蜻蛉は、種類によって異なる語感や情緒が楽しめる虫なのです。

蜻蛉の古名は「あきつ」、日本国の古名は「あきつしま」。これは、国の形が「蜻蛉のとなめ（交尾）」の姿に似ているからという故事によります。古くから日本人と深い関わりがあったことがわかります。

行く水におのが影追ふ蜻蛉かな　加賀千代女

虫の声

singing of insects

むしのこえ

俳句における「虫」は、秋に鳴くキリギリス科とコオロギ科の昆虫の総称です。螽斯（きりぎりす）、轡虫（くつわむし）、馬追（うまおい）、蟋蟀（こおろぎ）、鈴虫、松虫などをいい、それぞれも秋の季語になっています。季語として「虫」というとき、その鳴き声を愛でるのが本意です。童謡『虫のこえ』では、秋の虫たちの声をオノマトペを使って巧みに表現しています。

古来、日本人は秋の静けさの中に響きわたる「虫の声」を愛してきました。立秋を過ぎ、夜風が涼しく感じられる頃、澄んだ虫の声を耳にして、しみじみと秋の到来を実感するのです。「虫の音（ね）」「虫鳴く」も秋の季語です。「虫時雨（むししぐれ）」というと、多くの虫が合奏するように鳴きたてる様子を表します。

行水のすて所なき虫の声　上島鬼貫

秋の季語 植物

桐一葉

きりひとは

falling paulownia leaf signaling the beginning of autumn

桐の大きな葉が一枚、ふわりと舞い落ちるさまを見て、秋の訪れを感じることを「桐一葉」といいます。単に「一葉」とも略します。

もともとは、中国古典の詩文に見られる表現で、「一葉落つるを見て歳のまさに暮れんとするを知る」(『淮南子(えなんじ)』)、「一葉落ちて天地の秋」(『秋虫賦(しゅうちゅうふ)』)、「一葉秋を知る」(『書言故事(しょげんこじ)』)などが伝わり、日本では「桐」「梧桐(あおぎり)」の葉を指すとして定着しました。

桐の葉に当たる雨風の音や、落葉の様子にしみじみとした秋を感じた和歌の伝統を受け継いだ季語です。

> 桐一葉日当りながら落ちにけり　高浜虚子

鶏頭

けいとう

a cockscomb

夏から秋にかけて、真紅、赤、橙、黄、白などの花を咲かせる「鶏頭」は、熱帯アジア原産のヒユ科の一年草です。日本には古くに渡来し、『万葉集』には「韓藍(からあい)」という古名で詠まれ、花の汁は染織に用いられました。江戸時代にはお浸しなどの調理法で食用にされたといいます。

花の穂の形や色が、鶏のとさかに似ていることから「鶏頭」の名が付きました。花はビロードのような触感があります。

すっくと伸びた茎の先の燃えるような赤など、濃厚な花の色が存在感を主張します。一本でも秋を強烈に印象づける花です。

> 鶏頭の十四五本もありぬべし　正岡子規

竹の春

bamboo spring (mid-autumn)

たけのはる

竹は春から夏にかけて、地下茎から筍が生えるため、親竹は養分を奪われて勢いが衰え、黄葉・落葉します。これを「竹の秋」といい、春の季語になっています。

一方、秋の季語である「竹の春」とは、秋になって若竹が生長し、親竹も青々とした葉を茂らせることをいいます。つまり、一般の樹木とは異なり、竹にとっては春が秋、秋が春となるのです。辺り一帯が紅葉する中で、竹の豊かな緑は新鮮に感じられます。

竹の春を「竹春(ちくしゅん)」ともいいますが、江戸時代の歳時記『滑稽雑談(こっけいぞうだん)』に「賛寧の竹譜に曰、竹は八月をもつて春となす」とあるように、陰暦8月の異名でもあります。

窓あつて琴立てかけつ竹の春　正岡子規

秋の七草

the seven flowers of autumn

あきのななくさ

秋の野に咲く代表的な七種の花を「秋の七草」といい、萩(はぎ)、薄(すすき)、葛(くず)、撫子(なでしこ)、女郎花(おみなえし)、藤袴(ふじばかま)、桔梗(ききょう)を指します。

これは、山上憶良が『万葉集』の中で詠んだ和歌に由来します。「秋の野に咲きたる花を指(およ)び折りかき数ふれば七種(ななくさ)の花」「萩の花尾花(おばな)葛花瞿麦(なでしこ)の花女郎花また藤袴朝貌(あさがお)の花」の2首です。ただし、最後の「朝貌の花」は、現在でいうところの桔梗にあたるとされます。

「春の七草」が七草粥の材料として選ばれているのに対し、「秋の七草」は観賞を目的として選定されています。秋の草花の取り合わせが美しいだけでなく、7という数字を尊ぶ心も込められた季語です。

七草や露の盛りを星の花　上島鬼貫

芒

すすき

Japanese pampas grass

イネ科の多年草で、山野や河原など日当たりのよいところに自生します。「芒」は「薄」とも書き、昔は屋根を葺くのに使用したため「かや」とも呼ばれます。茎の先に円錐形の花穂をつけ、これがほおけると銀白色になります。『万葉集』において、山上憶良に秋の七草の一つとして詠まれた「尾花（おばな）」は、この花穂の形から付けられた「芒」の別称です。夏には「青芒」、冬には「枯芒」と呼ばれます。

夕日を浴びて金色に輝く芒の穂や、ざわざわと風になびく芒原などは趣があり、古人にも愛され、多くの詩歌に詠まれてきました。月見にも欠かせない草であり、月明かりの下の芒もまた風雅な趣があります。

をりとりてはらりとおもきすすきかな　飯田蛇笏

紅葉

もみじ

colored leaves

晩秋、寒くなるにつれ、落葉樹の葉が赤や黄色に色づく現象、または色づいた葉を「紅葉」といいます。真っ赤に染まる楓（かえで）に代表されますが、蔦（つた）、漆（うるし）、櫨（はぜ）、銀杏（いちょう）、桜、柿などの紅葉も美しいものです。

紅葉の語源は、動詞「もみず」の連用形を名詞化した「もみじ」で、古くは「もみち」と発音されました。「もみ」とは、揉んで染め出す紅の色のことをいいます。

古来「紅葉」は、春の「花」、夏の「時鳥（ほととぎす）」、秋の「月」、冬の「雪」とともに「五箇（ごこ）の景物（けいぶつ）」の一つに数えられるほど、日本の美を象徴する重要な季語とされてきました。華やかさの中に、散るときの哀れさを感じさせます。

山くれて紅葉の朱をうばひけり　与謝蕪村

柿

かき

a persimmon

「柿」は、秋の果実の代表格です。カキノキ科の落葉高木で、実は秋に熟して赤く、甘くなります。その味から「甘柿」と「渋柿」に大別されますが、「富有柿」「次郎柿」などの甘柿はそのまま食用にされ、「西条柿」「富士柿」などの渋柿は、渋抜きをしたり干柿にしたりします。

よく熟して柔らかい、色鮮やかな柿は「熟柿(じゅくし)」です。また、実の収穫を終え、葉も落ち切った梢にぽつんと一つだけ残された「木守柿(きもりがき)」には、来年の実りを願う気持ちが込められています。一説には、鳥たちへのお裾分けともいわれています。

郷愁を誘う山里の風景や夕日との取り合わせに趣があり、古くから詩歌に詠まれてきました。

柿くへば鐘が鳴るなり法隆寺　正岡子規

第四章 冬

肌寒い風が吹き、新しい年を迎える準備に忙しくなる季節です。生き物たちも冬籠りに入り、春の到来をじっと待っています。降り積もる雪は、清らかな光景を見せてくれる一方で、私たちを深い静寂に包みます。

いくたびも雪の深さを尋ねけり

正岡子規

冬の季語
時候

小春
こはる
Indian summer

「小春」は陰暦10月の異称で、今でいうところの11月中旬から12月上旬にあたります。立冬（11月7日頃）を過ぎ、徐々に寒さが厳しくなっていく時期に、よく晴れて暖かな日和が続くことがあります。

その陽気が、まるで春を思わせることから「小春」「小春日（こはるび）」「小春日和（こはるびより）」といわれます。また、陰暦6月のような暖かさでもあることから「小六月（ころくがつ）」という呼び名もあります。

いずれも可憐な響きがあり、厳しい冬の到来を束の間忘れさせてくれる、包み込むような優しさが感じられます。

海の音一日遠き小春かな　加藤暁台

霜夜
しもよ
a frosty night

よく晴れて風のない、寒気の厳しい夜に霜は降ります。朝の風景として詠まれることの多い「霜」ですが、「霜夜」という季語ではその夜に焦点をあてています。

外気は身を切るようで、何もかもが凍るように冷たく、冬の寒さが夜を支配しています。心までしんと静まっていくような心地がします。

古来、歌人たちは霜夜の独り寝の侘しさを歌にしてきました。『小倉百人一首』にも「霜夜」の歌が収録されており、「きりぎりす鳴くや霜夜のさむしろに衣かた敷きひとりかも寝む」と藤原良経は詠っています。

独り寝のさめて霜夜をさとりけり　加賀千代女

冴ゆ

さゆ

to crisply chill

冬の寒さを表す季語には「冷たし」「寒し」などがありますが、「冴ゆ」は寒さが極まって透明感すら感じる状態をいいます。

「冴ゆ」は、天地のあらゆるものが透きとおるような、五感で感じる寒さなのです。つまり、大気が澄みわたり、月や星が輝いて見える状態は視覚的な「冴ゆ」であり、「月冴ゆ」「星冴ゆ」などと詠まれます。人の声や鐘、楽器などの音がよく澄みとおる状態は聴覚的な「冴ゆ」であり、「声冴ゆ」「鐘冴ゆ」などと用いられます。さらに「風冴ゆ」となると、風の速さ、冷たさなどを触覚的に捉えています。

春の季語「冴返る（さえかえる）」は、暖かくなってからぶり返す「冴ゆ」の感覚を表しています。

物音やさゆる柏の掌（たなごころ）　椎本才麿

師走

しわす

December

陰暦12月の異称で、今の陽暦では1月の時期にあたりますが、「師走」は特別に陽暦でも12月に用いられます。

語源には諸説ありますが、経をあげるために師（僧）が東西へ馳せ走る月であるから「師馳す（しはす）」というのが一般的で、「師走」は年末の多忙さを表す言葉として定着しました。ほかにも、年が果てるので「年果つ（としはつ）」、四季が果てるので「四果つ（しはつ）」、仕事などを為し終えるので「為果つ（しはつ）」という説もあります。

新年を迎えるための「年用意」や「忘年会」「クリスマス」などの華やかなイベントも多く、年末も押し迫ったせわしなさと同時に、浮き立つような気分も味わえる月です。

エレベーターどかと降りたる町師走　高浜虚子

冬深し

winter deepens

ふゆふかし

冬の真っ盛りで、寒さも極まった頃のことを「冬深し」といいます。動詞形では「冬深む」となります。晩冬にあたり、小寒（1月5日頃）から立春前日（2月3日頃）までを指す「寒の内」の時候です。

山野の草木は枯れ果て、霜や雪が一面を覆い尽くす日も多くなり、人々は厚手のコートに身を包んで足早に外を歩きます。色彩に乏しい寂寞（せきばく）とした冬の光景が広がり、心まで塞ぎ込んでしまいそうになります。

四季それぞれのたけなわの時期を「深し」で表現しますが、「冬深し」には厳しい寒さへの嘆きや、春を待ち焦がれる思いが込められているのです。

爪かけて木原の斜陽冬深む　飯田蛇笏

春隣

spring nears

はるとなり

春がもうそこまで来ていることを「春隣」、または「春近し」といいます。

冬至（12月21日頃）が過ぎると、一日に畳の目一つずつ伸びるといわれるように、だんだんと日が長くなります。この感じは「日脚（ひあし）伸ぶ」という季語で表されます。まだ寒さの厳しい時期ですが、暦は春に向かって進みだしていると思うと、「春隣」を感ぜずにはいられません。

日の長さだけでなく、ふくらみ始めた木々の芽や、日差しの暖かさにも春の気配が漂い、春がすぐ隣まで来ていると実感します。

似た意味の季語に、春を待ちわびる心情をいう「春待つ」がありますが、「春隣」はより客観的に春の兆しを捉えています。

叱られて目をつぶる猫春隣　久保田万太郎

年の夜

New Year's Eve

としのよ

大晦日の夜を「年の夜」といいます。その年の最後の夜という意味であり、「除夜」が一般的な呼び方です。

年の夜は、過ぎゆく一年の無事に感謝し、来（きた）る新しい一年の幸福を祈念するための大切な夜です。江戸時代には、関西では麦飯、関東では年越し蕎麦を食する慣習がありました。全国的に年越し蕎麦が広まったのは、戦後のことです。

夜12時をはさみ、寺院は「除夜の鐘」をつきます。108種あるという人間の煩悩を一つきごとに消滅させるためです。この夜更けに社寺へ詣でることを「除夜詣」「年越詣」といいます。厳かな年の夜が終わると、すがすがしい元旦となります。

年の夜や人に手足の十ばかり　向井去来

時雨（しぐれ）

a shower in late autumn or early winter

晴れていた空がにわかに陰り、さっと降ってさっと上がる局地的な通り雨を「時雨」といいます。晩秋から初冬にかけての雨です。

とくに京都の時雨は有名で、「時雨」という季語は京都で生まれ、京都の初冬の美しい風物として完成されたといえます。古くは時雨が木々の葉を色づかせ、散らすと考えられていたため、多くの歌に詠まれました。一方、俳句では、時雨の句を好んで詠んだ芭蕉の忌日（きじつ）は「時雨忌（しぐれき）」と呼ばれます。不意に降ってはすぐに止んでしまう時雨に、はかない人生や別離の寂しさなどの無常観が重ねられます。

しぐるるや田の新株の黒むほど　松尾芭蕉

虎落笛（もがりぶえ）

a winter wind whistling through a bamboo fence

冬の激しい風が柵や竹垣、電線、鉄塔など、さまざまなものに当たって、ヒューヒューと笛のような音を立てることがあります。これを「虎落笛」といいます。「虎落」とは、中国で虎を防ぐために組んだ竹の柵をいい、日本では枝のついた竹で作った柵や物干しのことをいいます。また、風が吹く様子から「逆らう」「だだをこねる」「悩む」といった意味をもつ方言「もがる」を当てはめたともいわれます。

室内で聞いているだけで寒くなってくるような虎落笛は、冬が奏でる荒涼とした音といえるでしょう。

虎落笛子供遊べる声消えて　高浜虚子

凩

こがらし

a cold wintry wind

晩秋から初冬にかけて吹く、強い北西の季節風を「凩」といい、「木枯」とも書きます。木を枯らすほどの勢いで吹くため、この名が付いたといわれます。

冬の到来を知らせるのが「木枯らし1号」です。10月半ばから11月末に初めて吹く毎秒8メートル以上の北寄りの風をいい、冬型の気圧配置がもたらします。凩が吹くと、木々の葉はいっせいに飛び散り、散り敷いた落葉も風の中を漂います。

吹きすさぶ凩に身を震わせながら、人々はこれから迎える冬という季節に覚悟を固めます。凩には、留まることのない無常の姿や、厳しい孤独感を感じさせる響きがあります。

木がらしや目刺にのこる海の色　芥川龍之介

寒星

かんせい

cold winter stars

冬の夜空に見える星を総称して、「寒星」や「冬の星」といいます。

「星月夜」「天の川」「流れ星」など、代表的な星の季語は秋に多いのですが、じつは冬の夜空は、星がより鮮やかに見えるのです。冬は大気が澄み、凍空に輝く星の光は「星冴ゆ」といわれるとおり、鋭く冴えて手が届きそうなほど近くに感じます。

冬の星といえば、まずは三つ星を含む「オリオン」です。「冬銀河」は冬の天の川のことで、天頂を流れます。「昴」は『枕草子』で「星は昴」と称されています。

冬の星は冴え冴えとして、秋とはまた違った輝きを見せてくれます。

冬の星屍室の夜空ふけにけり　飯田蛇笏

霜　しも

frost

大気中の水蒸気が放射冷却によって冷やされ、地面や草木などに触れて結晶し、白く付着したものが「霜」です。よく晴れて風のない、寒気の厳しい夜に降ります。

早朝、うっすらと置いた霜は辺り一面を真っ白に覆い、朝日にきらきらと輝きます。冬の到来を告げるその光景は幻想的であり、きりりと引き締まるような思いがします。秋から冬にかけて、最初に降る霜を「初霜」、霜の降る寒い夜を「霜夜」、しんしんと霜の音が聞こえそうな感じを「霜の声」といいます。

なお、「霜柱」は霜とはでき方が異なります。地中の水分が地表に上昇しながら寒さで凍り、細い柱状の結晶になったものが霜柱です。

南天をこぼさぬ霜の静かさよ　正岡子規

風花　かざはな

flurry of snow in a clear sky

冬の青空に舞う雪を「風花」といいます。晴れていながら、風に乗って雪片がちらちらと花のように舞い降りてくるのです。その光景も語感も、繊細で美しい季語です。

この現象は、風上にある遠くの山などの降雪地から、雪が風に送られて飛来するために起こります。雪の多い山脈が近くにある地方や、山に囲まれた雪国などで見ることができます。群馬県の上州では、周囲の山から吹いてくる空っ風に乗って、雪国から風花が運ばれてきますが、風花ではなく「吹越（ふっこし）」と呼びます。

風花が舞う日は、かなり冷え込みます。冷たい風に舞い、積もることなく消えていくさまは美しくもはかなく、詩情を誘われます。

日ねもすの風花淋しからざるや　高浜虚子

霰

あられ

hail

「霰」には、「雪霰（ゆきあられ）」と「氷霰（こおりあられ）」の2種類がありますが、一般的には「雪霰」を指します。「雪霰」は、雪の結晶に細かな水滴がついて凍り、不透明な白い粒になって降ります。雪に混ざって降ることもあります。「氷霰」は、雪霰の周りに薄く硬い氷がついたもので、大きいものになると「雹（ひょう）」と呼ばれます。

霰は初冬によく見られる現象で、地面や草木、人の肩などにぱらぱらと音を立てて降ります。その様子は「霰打つ」と表現されます。

万葉の時代から、この音や降り方が趣深いとされ、「霰降る」が枕詞として用いられ、多くの歌に詠まれてきました。「玉霰（たまあられ）」という美称もあります。

いざ子ども走り歩かん玉霰　松尾芭蕉

寒雷

かんらい

winter thunder

冬に鳴る雷を「寒雷」、または「冬の雷（らい）」といいます。寒冷前線の通過と大陸の高気圧の張り出しに伴って起こることが多く、太平洋側より、日本海側でよく鳴ります。

雪国では、雪の降り始めに鳴る雷を「雪起し（ゆきおこし）」といいます。晴れていた空が急に暗くなり、激しい雷光と雷鳴が冬空に広がります。そして、その雷を追うように雪が降り出すのです。また、「鰤起し（ぶりおこし）」と呼ばれる雷もあります。こちらは鰤漁が始まる12月から1月頃に鳴り、北陸地方では豊漁を告げる雷として喜ばれます。

一般的には冬は雷の少ない季節であり、冬の雷には驚かされます。しかし、夏ほどの激しさはなく、少し鳴って止んでしまいます。

一片の鮭なき巷寒雷す　渡辺水巴

枯野（かれの）

a desolate field

草木がみな枯れ尽くした、冬枯の野原のことを「枯野」といいます。虫や動物たちは眠り、ただ枯れた低い草木が一面に残るだけの野は、ひっそりと静まり返っています。聞こえてくるのは、風に擦れる葉の音だけです。

似た意味をもつ季語「冬野（ふゆの）」は、田畑や家屋などを含めたより広い範囲の冬の野をいい、眼前の具体的な風景がよく詠まれます。

対して「枯野」は、芭蕉の辞世の句「旅に病んで」にも見られるように、作者の心象風景を託されることが多く、荒涼たる枯野に通じる侘しさや寂しさが詠まれるのです。

旅に病んで夢は枯野をかけ廻る　松尾芭蕉

氷（こおり）

ice

冬が深まり気温が氷点下になると、水は凍り始めます。庭先の桶に張った水、道端の水たまり、河川や湖沼、北方では海までもが凍ります。

「氷」にまつわる冬の季語は多く、その冬に初めて張る「初氷（はつごおり）」、鏡のようになめらかな「氷面鏡（ひもかがみ）」、薄い氷をいう「蟬氷（せみごおり）」、スケートや穴釣りが楽しめる「氷湖（ひょうこ）」、氷が張る音をいう「氷の声」、波模様に凍った「氷の花」、表面が凍って閉じた「氷の楔（くさび）」などで、多様な表現からは人々の氷への関心と観察眼が見て取れます。春先に張るのは「薄氷（うすらい）」で、これは春の季語とされています。

水よりも氷の月はうるみけり　上島鬼貫

氷柱

つらら

an icicle

水の滴りが凍って棒のように垂れ下がったものを「氷柱」といいます。多くの場合、屋根などに積もった雪が解けて滴り落ちるときに氷点下の寒気に冷やされ、上から下へと順々に凍って成長していき、氷柱となるのです。木の枝や岩石にできることもあります。古くは「垂氷（たるひ）」といいました。

氷柱には、日の光に照らされてきらきらと輝く美しさや、円錐状の形の面白さからのんびりとした明るい印象があります。一方で、屋根から地上まで届くような太く長い氷柱ができる雪国では、氷柱は厄介なものでもあります。落ちてきた氷柱が人に刺さったりしないように、できるそばから折っていかなければなりません。

外に立ちて氷柱の我が家侘しと見　高浜虚子

狐火

きつねび

a will-o'-the-wisp

冬の闇夜にゆらゆらと浮遊する正体不明の青白い火が「狐火」です。山野や墓地などで見られる現象で、あたかも松明（たいまつ）を掲げた行列のようだといいます。「鬼火（おにび）」「狐の提灯（ちょうちん）」とも呼ばれます。

かつては、狐が口から吐く火だと信じられていたため、「狐火」と呼ぶようになりました。この怪しげな火の正体は、狐がくわえた獣骨から発生した燐（りん）が燃えたものだという説や、水辺で起こる光の異常屈折だとする説などがありますが、判明していません。

実際に見たことはなくても、多くの俳人が「狐火」の句を詠みました。気味が悪くも幻想的な光景に心惹かれたのでしょう。

狐火や髑髏（どくろ）に雨のたまる夜に　与謝蕪村

冬の季語 生活

冬籠

ふゆごもり

winter burrow

冬の寒さを避けて、家に籠ることを「冬籠」といいます。東北、北陸、北海道などの積雪量が多い地方では、風よけや雪囲いなどの「冬構(ふゆがまえ)」をし、雪に閉ざされる長い冬に備えます。雪の季節になると、人々は炬燵にもぐり込み、じっと家に籠って冬をやり過ごすのです。人の背丈を超えるほどの積雪を前にしては、家に籠るほかないと思い知らされます。

もちろん冬籠は、雪国の人だけに限りません。冬の寒さは人々の動きを鈍らせ、外出するのを億劫にさせます。熊などの動物も冬籠をして春を待ちます。

冬籠りまたよりそはん此の柱　松尾芭蕉

息白し

いきしろし

visible breath

冬の朝などの気温が低いとき、人や動物の吐く息が白く見えます。この現象は「息白し」という季語になっています。

これは体温と外気の温度差が大きいと起こります。呼気は体温に温められるため、体温と同じ37度くらいの温度になります。呼気に含まれる水蒸気が冷たい大気によって急に冷やされることにより、目に見える細かい水の粒になるため、白く見えるのです。

ある日、吐く息が白くなったことに気づき、冬の訪れを感じます。その白さには、人や動物の生命力が現れています。

橋をゆく人悉(ことごと)く息白し　高浜虚子

年用意

としようい

preparations for the New Year

「師走は忙しい」とよくいわれますが、その理由の一つが「年用意」です。年用意とは、新年を迎えるために歳末にするさまざまな準備をいいます。

家中を掃き清める「煤払(すすはらい)」「煤掃(すすはき)」をはじめ、正月用の品々を売る「年の市」での買い物、「畳替(たたみがえ)」「餅搗(もちつき)」などをいい、これらは冬の季語になっています。新年の季語である「松飾(まつかざり)」「注連飾(しめかざり)」「春着(はるぎ)」「年木(としぎ)」などを手配するのも年用意です。

年内は、あれこれと気を配りながら、せわしなく動き回る日が続きます。忙しい中にも、新年を迎える期待感や浮き立つ気分が感じられる季語です。

とことはの二人暮しの年用意　松本たかし

冬の季語 行事

神の旅

かみのたび

the time when the gods travel

陰暦10月は「神無月（かんなづき）」と呼ばれます。全国八百万（やおよろず）の神々が、島根県大社町にある出雲大社へ旅をするという信仰が「神の旅」であり、そのため各地の神社は神が不在となるのです。これを「神の留守」といいます。

出雲大社で一堂に会した神々は、翌年の男女の縁結びを談合するというのです。また、出雲ではこの月を「神在月（かみありづき）」といい、全国の神々を迎える「神在祭（かみありさい）」が出雲大社で執り行われます。

旅への出立を「神送り」、帰着を「神迎え」とし、各地の神社は行事を行います。神の留守中は、竈神（かまどがみ）、恵比寿神などが留守神（るすがみ）となります。

都出でて神も旅寝の日数かな　松尾芭蕉

酉の市

とりのいち

the fairs held in November at the Otori Shrines in Tokyo

11月の酉の日に鷲（おおとり）神社（大鳥神社）で行われる祭礼を「酉の市」といいます。年によっては一の酉、二の酉、三の酉の三度あります。

鷲神社は開運の神として信仰され、酉の市には縁起物の「熊手（くまで）」を売る店が軒を連ねます。おかめの面、大判小判、枡、大福帳、宝船、七福神などがあしらわれた竹製の熊手は大小さまざまで、客やお金をかき集めるという意味が込められています。商売繁盛を願う人は、これを購入して店内に掲げるのです。

関東に多い祭礼であり、東京千束の鷲神社や新宿の花園神社が有名で大いに賑わいます。

若夫婦出してやりけり酉の市　高浜虚子

柚子湯

ゆずゆ

a hot citron bath

冬至（12月21日頃）の日には、柚子の実を浮かべた風呂に入る風習があります。「柚子湯」に入ると無病息災でいられると信じられており、江戸時代の銭湯に始まり、現在では各家庭でも行われています。柚子は丸ごと、もしくは半分に切って、いくつも湯に浮かべます。すると、芳しい香りが立ちのぼり、体が芯から温まって精気が満ちてくるように感じます。

柚子は「融通がきく」、冬至は「湯治」の語呂合わせであるともいわれます。端午の節句の「菖蒲湯（しょうぶゆ）」と同じく、植物の薬効が生命力を高めるというのです。実際に柚子には血行促進の効果が期待されます。生命力が最も衰える冬至に穢れを祓い、新たな力を得る禊の風習です。

白々と女沈める柚子湯かな　日野草城

除夜の鐘

じょやのかね

the tolling of temple bells 108 times on New Year's Eve

12月31日、大晦日を「除日（じょじつ）」、その夜を「除夜」といいます。除夜12時をはさみ、全国各地の寺院では、いっせいに鐘がつかれます。鐘の数は108回。仏教では人間の煩悩は108種あるとされており、鐘をつくごとに、煩悩を一つずつ取り除いていくという意味があります。僧侶は鐘をつく前に合掌し、鐘の余韻が落ち着くまでは次の鐘をつきません。そのため、約1時間という長時間にわたり、除夜の鐘が響くことになるのです。

行く年と来る年をつなぐ夜半に響きわたる鐘の音は厳かで、聞いていると身が清まっていくような心地がします。新年を迎えたすがすがしさも感じさせる音色です。

除夜の鐘幾谷こゆる雪の闇　飯田蛇笏

冬の季語　動物

冬眠
とうみん
hibernation

ある種の動物が寒い冬の間、食物もとらずに眠ったような状態で過ごすことを「冬眠」といいます。冬眠中は、秋のうちに体内に蓄積した脂肪分を少しずつ消費しながら過ごします。

外気によって体温が変化する蛙、蛇、蜥蜴（とかげ）、亀などの変温動物は、完全に冬眠に入ります。地中や水底で、じっと静かに春が来るのを待つのです。小型の哺乳類である蝙蝠（こうもり）、栗鼠（りす）などの恒温動物は、冬眠が不完全で、摂食や排泄のために起きだすこともあります。

熊などの「冬籠（ふゆごもり）」は、一種の睡眠状態であるため、正確には冬眠とはいいません。

> 地震来て冬眠の森ゆり覚ます　西東三鬼

綿虫
わたむし
a cotton worm

晩秋から初冬にかけて、小さな綿のかたまりのような姿でふわふわと飛ぶ虫を見かけることがあります。これを「綿虫」といいます。

アブラムシ科の昆虫で、体から白い蠟（ろう）物質を分泌するため、これが白い綿のように見えるのです。果樹や野菜の害虫として知られるものが多いのですが、青白く光りながら風に漂うさまは、詩情をかきたてられます。

その姿がはらはらと舞う小雪のようであり、雪の降る季節を連れてくるようでもあるため、雪国では「雪虫」と呼ばれることがあります。ただし、まったく別種の雪虫も存在します。

> 雪虫のゆらゆら肩を越えにけり　臼田亜浪

水鳥

a waterfowl

みずどり

水上に浮かぶ鳥の総称で、多くは秋に渡ってきて冬を日本で越し、春に帰っていきます。冬に水辺で見られることから、「水鳥」は冬の季語なりました。

鴨、雁（かり）、白鳥などの渡り鳥や、同じ渡り鳥でも海辺で過ごす鷗（かもめ）、そして、鳰（かいつぶり）のようにほぼ一年を通じて日本で過ごす鳥も水鳥と呼びます。公園の池などでは、水尾を引いて泳ぎ回り、逆立ちをして餌をとる水鳥たちの姿が見られます。

水鳥が水の上で首を羽にうずめて眠るさまは「浮寝（うきね）」「浮寝鳥（うきねどり）」と呼ばれます。この「浮寝」という言葉は、いにしえの歌人たちに愛用され、「憂き寝」にかけて恋の独り寝の心もとなさが詠われました。

水鳥のどちへも行かず暮れにけり　小林一茶

熊

a bear

くま

日本では、本州と四国に月輪熊（つきのわぐま）が、北海道に羆（ひぐま）が生息しています。月輪熊は、体長1～2メートル、体重約130キロで、体毛は黒く、胸の上部に三日月形の白斑があります。羆は、体長約2メートルと大きく、性質も凶暴で家畜を襲うこともあります。熊は雑食で、ふだんは草木の根、木の実、果物、蟻、甲虫の幼虫などを食べます。

冬の季語に分類される「熊」ですが、「冬籠（ふゆごもり）」をするので冬には姿を見せません。熊が冬籠に入ることを「熊穴に入る（い）」といいます。また、東北にはまたぎと呼ばれる猟師がいて、熊の胆（い）をとるために「熊突（くまつき）」「熊狩（くまがり）」「熊猟（くまりょう）」「穴熊打（あなぐまうち）」を行います。これらも冬の季語です。

熊撃てばさながら大樹倒れけり　松根東洋城

寒雀

a sparrow in winter

かんすずめ

雀は日本人にとって最も身近で親しみ深い鳥といえるでしょう。春の「雀の子」、秋の「稲（いな）雀（すずめ）」、そして寒い冬にいる「寒雀」と季節ごとに季語になっています。

稲の実る頃、田畑の辺りを飛び交っていた雀は、寒い冬になると餌を求めて人里までやってきます。枯木に止まっている様子、雪の上に群がっている様子、冬の日向でチュンチュンと鳴いている様子などは日常的な光景です。また、寒さから全身の羽毛をふくらませてじっとしている「脹雀（ふくらすずめ）」は、着ぶくれた子どものようで愛らしいものです。

俳句では、その可憐な姿や、寒さに耐える健気さがよく詠まれます。

脇へ行くな鬼が見るぞよ寒雀　小林一茶

凍鶴 いてづる

a crane standing in the cold

厳しい寒さのため、凍てついたように身じろぎもしない鶴を「凍鶴」といいます。冬の動物園や庭園などでは、曲げた首を翼深くにうずめ、片脚で立っている凍鶴をよく見かけます。片脚を曲げるのは、脚からの放熱を少なくするためだとされ、雪原で越冬する丹頂（たんちょう）もよくこのポーズをします。

単に「鶴」といっても冬の季語になりますが、イメージや語感のよさから「凍鶴」が好んで使われます。

江戸時代の歳時記『栞草（しおりぐさ）』に「鶴は霜に苦しむものなり。よつて霜夜の鶴とも霜の鶴ともいふ」とあり、「霜夜の鶴」「霜の鶴」も冬の季語になっています。

凍鶴の首を伸して丈高き　高浜虚子

河豚 ふぐ

a globefish

フグ科に属する海水魚の総称で、「河豚」のほかに「鰒」「魨」とも書きます。小さな口にふくらんだ腹というユーモラスな姿をしており、魚にはめずらしく瞼（まぶた）があって目をつむります。

古くから「河豚は食いたし、命は惜しし」といわれるように、多くは肝臓と卵巣に猛毒（テトロドトキシン）をもっており、加熱してもその毒性は失われないため、調理するには特別な免許が必要です。冬が旬で、味は虎河豚（とらふぐ）が最高とされ、皿が透けるほど薄く切った刺身（てっさ、ふぐ刺）や鍋（てっちり）が有名です。春から夏にかけての産卵期には毒が強くなるため、古来、菜種の時季には「菜種河豚（なたねふぐ）」と呼んで食べるのを避けました。

河豚の面世上の人を白眼（にら）むかな　与謝蕪村

帰り花

かえりばな

a second bloom

初冬、草木が季節外れの花を咲かせることを「帰り咲(ざき)」といい、その花を「帰り花」といいます。「返り咲」「返り花」とも書きます。

ぽかぽかとした小春日和の日が続くと、すでに花の季節が終わっている桜、梨、桃、山吹、躑躅(つつじ)などの木が、春が訪れたとばかりにぽつりぽつりと花を咲かせることがあります。木の花だけでなく、蒲公英(たんぽぽ)などにも見られる現象です。

季節外れに咲いてしまった花の可憐さ、はかなさといった情緒が詠まれます。さらに心情を託すには、「狂い花」「忘れ花」という言い方もあります。

日に消えて又現れぬ帰り花　高浜虚子

山茶花

さざんか

a sasanqua

ツバキ科の常緑小高木で、日本原産の花です。晩秋から初冬にかけて、紅、淡紅、白、絞りなどの五弁花を咲かせます。園芸品種には、花弁数が9～10枚の半八重もあります。

椿によく似ていますが、「山茶花」のほうが花も葉も小ぶりです。花弁も薄く、やや繊細な印象があります。また、散るときの様子が大きく異なります。花全体がぽとりと落ちる椿に対し、山茶花は一片ずつはらはらと舞うように散っていくのです。その様子や、地面に散り重なった花びらには風情があり、華やかな中にも寂しさが漂います。

山茶花のここを書斎と定めたり　正岡子規

水仙

すいせん

a narcissus

ヒガンバナ科の球根植物で、海岸近くに群生します。古くから観賞用にも栽培され、正月に飾る生け花などの切り花としても用いられてきました。11〜3月、ほっそりとした葉の間から伸びた茎の先に5〜8個の白い花を横向きにつけます。清楚で気品漂う姿でありながら、驚くほど豊かな芳香を放ちます。

水辺でうつむきがちな「水仙」は、ギリシア神話の中で、水面に映る我が姿に恋をし、水中に身を投げた美少年ナルキッソス（ナルシス）の化身だとされます。

伊豆爪木崎や越前岬は群生地として有名で、岬を埋め尽くすように咲く野水仙の白が、空と海の青に映え、絶景を見せてくれます。

水仙の香やこぼれても雪の上　加賀千代女

寒椿

かんつばき

an early camellia

冬に咲く、早咲きの椿を「寒椿」と総称します。「冬椿（ふゆつばき）」「早咲の椿（はやざき）」ともいいます。

「椿」は、その字のごとく春の季語ですが、花の色は紅や桃色、純白、白地に紅の絞り、一重から八重咲きまで、1000種以上もの園芸品種があり、花期は11～5月と幅広いため、早咲きの品種は冬に花を咲かせるのです。温暖な地方で野生種の藪椿が早く咲く場合も寒椿といいます。

冬枯れて色の少ない季節において、つやつやとした緑の葉を茂らせ、鮮やかな紅色に咲く姿には、生命力に満ちた華やかさがあります。雪の降り積もった寒椿にも、しっとりとした情緒が感じられます。

冬つばき世をしのぶとにあらねども　久保田万太郎

臘梅

ろうばい

a Japanese allspice

ロウバイ科の落葉低木で、中国原産であることから「唐梅（からうめ）」「南京梅（なんきんうめ）」ともいいます。「臘梅」は、中国では梅、山茶花、水仙と並び、「雪中四花」と称されています。

1～2月頃、葉に先立って、枝の節ごとに下向きの花を数個ずつつけます。花径は2センチほどで、内側は紫褐色、外側は黄色です。黄色い花には、蠟を引いたような光沢があり、梅のような芳香がするため、その名が付いたといわれています。あるいは、陰暦12月の異称である臘月に咲く梅であるからという説もあります。しかし、実際は梅とはまったく別の種類です。

冬の青空を透かすように咲く麗しい黄色い花と、上品な芳香が多くの歌に詠まれてきました。

臘梅や雪うち透す枝のたけ　芥川龍之介

落葉

fallen leaves

おちば

晩秋、赤や黄色に紅葉した落葉樹の葉は、時雨に降られ、凩に吹かれ、だんだんと散り落ちていきます。枝から散りゆく葉も、地面や水面に散り敷いた葉も、どちらも「落葉」です。

しきりに降る落葉は「落葉の雨」「落葉の時雨」、葉を吹き散らす風は「落葉風」、「落葉掻」で落葉を集めて火を点け、「落葉焚」をします。「柿落葉」「銀杏落葉」「朴落葉」といえば、落葉の形や色合いまで鮮明に浮かび上がります。落葉にまつわる冬の季語は、多彩な風景を見せてくれます。

鮮やかだった紅葉は、落葉となって散りゆき、やがて土へと還っていきます。そのはかなさは、人の世の無常にも通じるものです。

> 待人の足音遠き落葉かな　与謝蕪村

冬木立

withered trees in winter

ふゆこだち

「冬木」は落葉樹、常緑樹を問わず、冬らしい趣を伴ったすべての木々をいいます。一方、「冬木立」となると、落葉樹が葉を落としきり、裸木になって立ち並んでいる姿がふさわしいのです。

江戸時代の歳時記『栞草』にも「夏木立は茂りたるをいひ、冬木立は葉の脱落したるさまなどいふべし」とあり、夏の季語「夏木立」の青々とした明るさとは真逆の、寒々しくもの寂しい感じがします。

同義の季語「寒林」も、近代俳句ではよく用いられます。「冬木立」と同様に、凜とした透明感や厳しさ、孤独感などを思い起こさせる季語です。

> 斧入れて香におどろくや冬木立　与謝蕪村

新しい年の始まりを祝い、気持ち新たに一年の健康と幸せを祈る季節です。のんびりとした正月気分とは裏腹に、肌を刺すほどきりりと冷たい初空はむしろ、清らかで晴れやかな心の中を映しているようです。

初空や一片の雲耀きて

日野草城

時候
新年の季語

松の内

まつのうち

the New Year Week

松飾りや注連(しめ)飾りなど、正月の飾りを掛けておく期間を「松の内」といい、「注連の内」「標(しめ)の内」「松七日(まつなぬか)」ともいいます。関東では元日から6日まで、関西では元日から15日までとするのが一般的ですが、3日や4日までという地域もあり、まちまちです。

本来、15日までだったのですが、江戸時代に幕府が「松飾り明七日朝取り申すべき事」という町触れを城下に出したため、それ以降は6日夕方になったという地域も多いようです。

新年の仕事始めは過ぎていても、正月飾りがあるうちは、正月の趣が残っているものです。

口紅や四十の顔も松の内　正岡子規

去年今年

こぞことし

last year and this year

大晦日の一夜が明けると、昨日は去年であり、今日は今年になります。ひと続きの二日間でありながら、たちまちのうちに年が去り、新年が来ることに深い感慨を込めて、「去年今年」という初春の季語になりました。

暦の上でははっきりと「去年」と「今年」が区切られていますが、時の流れは連綿と続いており、年の行き来はすみやかです。年が改まって清新な気分に浸りはしますが、昨日と今日はじつは大して変わらないのだから不思議です。

当然ながら、普段使っている「きょねん」と「ことし」という並列の意味ではありません。

去年今年貫く棒の如きもの　高浜虚子

天文

新年の季語

初空 はつぞら

the sky on New Year's morning

新春のめでたい気分が天地に満ちあふれていることを「淑気（しゅくき）」といいますが、そんな中で見上げる元日の大空が「初空」です。天を崇めて「初御空（はつみそら）」ともいわれます。

見慣れた空なのですが、見る者の初々しい気持ちのせいか、いつもより美しく感じられます。清新な初空の明るさの下、新年の誓いを新たにします。

晴れても曇っていても「初空」といいますが、俳句では澄んだ青空を詠むことが多いようです。元日の空は、晴れれば瑞兆とされ、人々に喜ばれました。

初空や一片の雲耀きて　日野草城

御降り おさがり

first rains

元日、あるいは三が日に降る雨や雪を「御降り」といいます。新年に縁起を担ぐため、使用を避ける忌み言葉はいくつかありますが、これはその一つです。雨は涙を連想させ、「ふる」は「古」に通じることから、「御降り」と言い換えたのです。

「おさがり」は「あまさがる」が転じたものです。正月早々に雨や雪が降るということは、その年の農作物の五穀豊穣が予想できるため縁起がよいと喜んだことから、この季語が使われるようになりました。そのため、「富正月（とみしょうがつ）」ともいわれます。

まんべんに御降り受ける小家かな　小林一茶

初富士 はつふじ

gazing at Mt. Fuji on New Year's Day

元日に初めて仰ぎ見る富士山を「初富士」といいます。間近で見るよりも、遠くから眺める壮麗な富士山の姿を愛でるのです。富士山そのものがめでたいものですが、新年の淑気（しゅくき）に満ちた中であれば、ことさらめでたく感じます。

遠富士は江戸の名物であり、富士見坂、富士見台、富士見町などの地名はその名残です。昔も今も富士山を望む嬉しさは変わりません。

富士山が見えない地域では、地元の名山に「初」を冠して、「初筑波」「初比叡」「初浅間」「初槍（やり）ヶ岳」などと呼び、元日にありがたい気持ちで眺めます。

初富士や草庵を出て十歩なる　高浜虚子

初景色 はつげしき

scenery seen on the morning of New Year's Day

元日の淑気に満ちた辺りの景色を「初景色」といいます。野山や河川、海などの自然の景色から、近所の公園や商店街などの町の景色まで、ふだん見慣れたものであっても、新年の改まった気持ちで眺めると、瑞祥に満ちてとくに美しく感じるものです。

似た季語に「初山河（はつさんが）」がありますが、平面的で風景画のような印象の「初景色」に対し、「初山河」は立体的でパノラマのような印象があります。

「初景色」は、近代になってから使われるようになった比較的新しい季語です。

大声のおばさんたちの初景色　金子兜太

若水 わかみず

first water drawn from a well on New Year's Day

元日の早朝に汲む水を「若水」といいます。古くは宮中行事であり、立春の早朝に主水司（もいとりのつかさ）が汲んだ水を朝食の際に天皇が飲み、一年の邪気を祓ったとされます。これが民間に広まり、水を尊ぶ行事となったのです。

正月の神を迎えて祭りを行う「年男」は、除夜の鐘が鳴ると恵方の井戸へ向かい、若水を汲みました。これを「若水迎え」といい、この水で雑煮を作ったり、福茶を沸かしたりしたのです。西日本では女性が汲むこともありました。井戸が少なくなった現在は、水道の水でも尊んで汲むことで、若水といえるでしょう。

一桶をわか水わか湯わか茶かな　小林一茶

初夢 はつゆめ

one's first dream of the New Year

正月の初めに見る夢を「初夢」といいます。元日の夜の夢をいうのが一般的ですが、2日の夜、3日の夜とする地域もあります。近世中期までは、立春の朝の夢をいったようです。

夢は「一富士、二鷹、三茄子（なすび）」の順にめでたいとされ、四番以降は「四扇（しおうぎ）、五煙草（ごたばこ）、六座頭（ろくざとう）」と続きます。吉夢が見られるようにと、宝船を描いた紙を枕の下に敷いて寝る風習もあります。また、宝船の代わりに、悪夢を食べてくれるという獏（ばく）を描くこともありました。めでたい初夢を見ると、その年は幸運が訪れると信じられていています。

初夢やさめてもはなははなごころ　加賀千代女

門松
かどまつ
the New Year's decorative pine trees

新年に家の門口に立てる松や竹などで作った飾りを「門松」といい、「松飾（まつかざり）」と呼ぶこともあります。掃き清めた門口に青々とした門松を飾ると、正月の趣がぐんと増します。

現在よく見られる門松は、松というより、中心の竹が目立ちます。三本の竹の上端を斜めに切ったものに松を添え、根元を割木で囲って作られます。この様式は、江戸城の各城門に立てられた門松に由来するといいます。ほかに、楢（なら）、朴（ほお）、榊（さかき）、樒（しきみ）などを用いる様式もあります。

門松は本来、穀物神である年神の来臨する依り代と考えられてきました。また、無病息災や延命長寿など、新しい年を迎えた人々の切なる願いも込められた正月飾りなのです。

門松やおもへば一夜三十年　松尾芭蕉

鏡餅
かがみもち
a large, round rice cake offered to the gods

大小2個の丸餅を重ね、神仏に供えるものを「鏡餅」といいます。鏡のように丸いことからその名が付いたとされ、「三種の神器」の一つである八咫鏡（やたのかがみ）に擬したものともいわれます。

鏡餅の飾りは、時代や地域によって様変わりしますが、伝統的なものとしては、海老、橙（だいだい）、串柿、昆布、搗栗（かちぐり）、裏白、楪（ゆずりは）などがあります。例えば、海老は腰の曲がるまで長生きするという意味、橙は家が代々続くようにと祈る意味が込められているなど、すべてがめでたいもので固められています。

現在は簡略化され、半紙を敷いた三方に鏡餅を載せて、橙、楪、昆布などを添えるのが一般的です。

かがみ餅母在（ま）して猶父恋し　加藤暁台

屠蘇　とそ

New Year's spiced sake

元旦の祝膳に飲む薬酒を「屠蘇」といいます。混合した薬草の粉末を「屠蘇散（とそさん）」といい、紅（もみ）の袋に入れ、酒や味醂に浸して「屠蘇酒（とそしゅ）」にして飲みます。「屠蘇」は略称です。

薬草は、白朮（びゃくじゅつ）、山椒（さんしょう）、細辛（さいしん）、桔梗（ききょう）、防風（ぼうふう）、肉桂（にっけい）など、6種から8種を用います。それぞれに解熱や鎮痛、利尿、強壮などの作用があるとされています。

屠蘇は、中国から伝わった無病息災や延命長寿を願う風習であり、日本では宮中で行われていたのが一般化しました。若さにあやかるため、年少者から順に飲むというのが決まりです。

なお、新年の季語「年酒（ねんしゅ）」は年賀の客にふるまう酒のことで、屠蘇とは別のものです。

黄日を仰いで屠蘇の酔紅　高浜虚子

書初　かきぞめ

first calligraphy of the year

新年に初めて字や絵を書くために筆をとること、また、書いたものを「書初」といいます。2日に行うことが多く、めでたい詩句を選んで書きます。書いたものは「吉書（きっしょ）」といわれます。

古くは宮中行事であり、正月2日の政事始（まつりごとはじめ）に行われた儀式でしたが、江戸時代に庶民に広まりました。寺子屋では、学問の神である菅原道真の画像を掲げ、若水ですった墨で子どもたちが「寿」「福」などのめでたい文字を書き、持ち帰って各家庭に貼ったのです。15日の小正月には左義長の火にくべ、高く舞い上がると腕が上がるといわれました。現在では学校教育の中で書初が行われ、字を書くことが重んじられた時代の風習が受け継がれています。

書初やいとおごそかに父の前　渡辺水巴

七種　ななくさ

the seven herbs of spring

正月7日は、五節句の最初の日にあたる人日（じんじつ）です。この日に7種類の若菜を粥に炊き込み、食べて祝う行事を「七種」といいます。

芹（せり）、薺（なずな）、御形（ごぎょう）、繁蔞（はこべら）、仏の座、菘（すずな）（青菜もしくは蕪）、蘿蔔（すずしろ）（大根）が七種粥に入れる七種で、「春の七草」ともいわれます。地域によっては、七種に別の若菜を用いることもあります。七種粥は万病を防ぎ、一年の邪気を祓ってくれると信じられてきました。

7日という日にちなんで七種の若菜を食べるのですが、7という数字のもつ特別な力にも期待する気持ちが込められています。

七種やあまれどたらぬものも有り　加賀千代女

破魔弓　はまゆみ

an arrow used in exorcising ceremonies

「破魔弓」の字のごとく、魔除け、厄払いのお守りの弓のことです。

かつては、正月に子どもたちが射って遊ぶ小さな弓をいいました。縄を巻いて丸く作った的は「はま」と呼ばれ、これが縁起を担いで「破魔」と転じたのです。やがて弓矢は飾り物として美麗に作られるようになり、初正月を迎える男の子への縁起のよい贈答品となりました。贈られた破魔弓は正月に飾られ、男の子の健やかな成長が願われるのです。

神社で初詣客に授与される破魔弓も、魔除けの力を信じることから生まれたものです。

破魔弓や山びこつくる子のたむろ　飯田蛇笏

松納

まつおさめ

last day for New Year's pine decorations

元旦から飾っていた門松を取り払うことを「松納」といいます。

一般に関東では6日、関西では14日と取り払う日には地域差があります。江戸では、「松飾り明七日朝取り申すべき事」という町触れが出されたのちに、少し早まって6日夕方に定まりました。早いところとして、「仙台様の四日門松」という言葉があるように、仙台では4日にはすでに松を納めてしまいます。14日の晩に取り払って、15日の左義長で焼くという地域も少なくありません。

松納が終わると、正月行事が一段落します。正月気分で浮き立っていた気持ちを切り替え、普段の暮らしへと戻っていくのです。

月白うして鳰(にお)啼くや松納　渡辺水巴

左義長

さぎちょう

burning of New Year's gate decorations

正月の火祭の行事を「左義長」といいます。村の大がかりな集団行事で、正月と盆の火祭は荒々しい霊魂を追い払うために行われました。

古くは毬杖(ぎっちょう)と呼ばれる祝い棒を三本立てたことから「三毬杖」となり、「左義長(さぎちょう)」の字に転じました。「どんど」「とんど」とも呼ばれますが、これは囃子詞(はやしことば)に由来します。火が燃えるのを「とうどやとうど」と囃し立てたのです。

左義長は、小正月にあたる1月15日に開催されますが、14日の晩に行う地域もあります。取り払った注連(しめ)飾りや松飾りを持ち寄り、一カ所に積み上げて燃やします。この火で餅や団子を焼いて食べ、無病息災を願ったり、書初を燃やして書道の上達を祈ったりもします。

左義長に月は上らせ給ひけり　小林一茶

嫁が君
よめがきみ
a mouse seen in the New Year

正月三が日の間は、鼠のことを「嫁が君」と呼びます。元日や三が日に降る雨や雪を「御降り」というのと同様、正月の忌み言葉です。関西の言葉だといわれ、地方によっては「嫁御（よめご）」「嫁御前」「嫁女（よめじょ）」「嫁さま」「姉さま」などと呼びます。

鼠は農作物や家の食糧を食い荒らし、疫病を媒介する動物として嫌われますが、一方で大黒天の使いともいわれ、正月に米や餅を供えてもてなす「鼠の年取り」という風習もあります。「嫁が君」という呼び名には、鼠への親しみが込められています。

餅花やかざしにさせる嫁が君　松尾芭蕉

初鴉
はつがらす
a crow cawing on New Year's Day

元日のまだ明けきらない空に鳴き声を上げる鴉を「初鴉」といい、「初烏」とも書きます。日頃から目にする身近な鳥であっても、新年にその声を聞くとすがすがしい感じがするという思いが込められています。

鴉は、黒い姿や不気味な鳴き声から不吉な鳥とされ、ごみを漁ったり人を攻撃したりすることからも忌み嫌われがちです。しかし、『古事記』や『日本書紀』では神聖視されており、三本足の八咫烏（やたがらす）は神の使いとされていました。元日の鴉も神鴉として愛でられ、めでたいものとして喜ばれます。

銀座出る新聞売や初鴉　正岡子規

新年の季語　植物

福寿草
ふくじゅそう

a pheasant's eye

キンポウゲ科の多年草で、早春に雪解けとともに顔をだし、葉に先立って光沢のある黄色い花を咲かせます。「福寿草」のほかに「元日草（がんじつそう）」とも呼ばれます。

江戸時代から観賞用に園芸栽培され、白花、赤花、八重咲きなどの品種が作られました。残念ながら、野生のものは乱獲によって激減したため、絶滅危急種に指定されています。

「福寿草」というめでたい名をもち、花の少ない季節に明るく咲くことから正月の花として珍重されます。正月の床飾りにも用いられるため、元旦に合わせて促成栽培されています。

福寿草遺産といふは蔵書のみ　高浜虚子

楪
ゆずりは

a false daphne

高さ5～10メートルほどのユズリハ科の常緑高木で、山地に自生し、庭木としてもよく見られます。「親子草」ともいわれます。

楕円形の大きな葉は、表面が光沢のある深緑色で、裏面は白緑色、葉柄は紅色で冬の景色に映えます。新しい葉が生長するのを見届けてから、古い葉がいっせいに落下するため、「譲り葉」の意味からこの名が付きました。

艶のある大きな葉が世代交代をするさまは縁起がいいとされ、子孫繁栄のシンボルとして葉を鏡餅や注連縄（しめなわ）などの正月飾りに用いるようになりました。

ゆづり葉に暁雪うすき山家かな　飯田蛇笏

おもな参考文献

『角川　俳句大歳時記』（角川学芸出版／ 2006 年）
『大歳時記』山本健吉　監修（集英社／ 1989 年）
『合本　俳句歳時記　第四版』（角川学芸出版／ 2008 年）
『三省堂ホトトギス俳句季題便覧』稲畑汀子　編（三省堂／ 1999 年）
『実用　俳句歳時記』辻 桃子　編（成美堂出版／ 1999 年）
『日本大歳時記』水原秋櫻子、加藤楸邨、山本健吉　監修（講談社／ 1989 年）
『新撰俳句歳時記』大野林火、平畑静塔、秋元不死男、皆吉爽雨、安住 敦　編（明治書院／ 1976 年）
『鳥獣虫魚　歳時記』金子兜太、川崎展宏、餡山實、稲畑汀子　監修（朝日新聞社／ 2000 年）
『俳句の花図鑑』復本一郎　監修（成美堂出版／ 2004 年）
『俳句の鳥・虫図鑑』復本一郎　監修（成美堂出版／ 2005 年）
『花の歳時記』鍵和田柚子　監修（講談社／ 2004 年）
『現代　子ども俳句歳時記』金子兜太　編（チクマ秀版社／ 1999 年）
『広辞苑　第六版』新村 出　編（岩波書店／ 2008 年）
『季語語源成り立ち辞典』榎本好宏　著（平凡社／ 2008 年）
『365 日で味わう　美しい日本の季語』金子兜太　監修（誠文堂新光社／ 2010 年）
『365 日で味わう　美しい季語の花』金子兜太　監修（誠文堂新光社／ 2011 年）
『季節のことば　私の季語手帖』井本農一　著（小学館／ 1987 年）
『日本の七十二候を楽しむ　－旧暦のある暮らし－』 白井明大　文、有賀一広　絵（東邦出版／ 2012 年）
『くらしのこよみ　七十二の季節と旬をたのしむ歳時記』（平凡社／ 2012 年）
『名句鑑賞辞典』中村幸弘　監修（学習研究社／ 2006 年）
『覚えておきたい　極めつけの名句 1000』（角川学芸出版／ 2008 年）

Afterword

Can you introduce people to the things that give Japan its charm?

What is appealing about Japan to you?

Once, Japan was known around the globe as an economic great power, but in more recent years there have been visible moves to emphasize the attractions of the country's culture to the outside world. Furthermore, people elsewhere have likewise been demonstrating great interest in Japanese culture these days.

Japan has a rich natural environment with a beautiful landscape that shows off the changing seasons. This combination has produced so many charming features that have been carefully maintained over the centuries that one could never count them all, spanning food, techniques of craftsmanship, performing arts, observances, and customs. The "soul" that our forerunners nurtured likewise remains a robust presence.

Some of the things that are a matter of course to we who were born and have grown up in Japan may even seem mysterious to non-Japanese. In that light, we ourselves want to first take a fresh look at what's appealing about Japan's natural environment and culture, learn it anew, and then pass on what we have learned down the generations and out into the wider world. That sentiment has been infused into the *Nihon no tashinami-cho* [Handbooks of Japanese taste] series.

It is our hope that this series will present opportunities for the lives of its readers to become more healthy and enjoyable, enrich their spirits, and furthermore for taking a fresh look at their own cultures.

装幀・本文デザイン
宇賀田直人

表紙カバー・帯図案
榛原聚玉文庫所蔵　榛原千代紙「桜」（赤）

イラストレーション
小澤真弓

編集協力
real arena／松井貴子

英訳
Carl Freire

DTP
IM PLANNING

日本のたしなみ帖

季節のことば

2015年2月27日　第1刷発行
2015年5月31日　第3刷発行

編者――『現代用語の基礎知識』編集部
執筆――田村理恵／竹中龍太
発行者――伊藤滋
発行所――株式会社自由国民社
東京都豊島区高田3-10-11
03-6233-0781（営業部）
03-6233-0788（編集部）
03-6233-0791（ファクシミリ）
印刷――株式会社光邦
製本――新風製本株式会社